請妳消失吧

葦舟ナツ

輕文學
Light Literature

目次

第一章　可以請你消滅我嗎？

「可以請你消滅我嗎？」

她開口對我說這句話時，我人在橋上。

◆

七月十六日放學後，我單手拿著塑膠傘走在墓園中。

細雨沙沙地染濕我的傘。

平日的墓園人煙稀少，或許多心，給人一種冰冷的感覺。

象徵故人的整排墓碑被雨水染成深色，土壤與青草的氣味和潮濕的空氣相融。

空無一人的墓園中，自己的腳步聲與呼吸聲顯得特別清晰。

經過幾個墳墓，踏進自家墳墓的範圍內，我站在母親的墓碑前。七月十六日……母親的忌日，從小五開始，我每年都會在這天來到這裡。

墓碑兩旁的銀色花瓶倒映著灰暗的天空，反射出淡淡的光芒，花瓶中的紅淡比（註1）上沾滿雨珠，或是順勢滑落。這是昨天，忌日前一天的週日來掃墓時供奉的，父親靜靜放上紅淡比的身影一瞬間閃過我的腦海，立刻消失。

我迅速環視四周。

總有種不想讓人看見我人在這裡的這一幕，確認周遭空無一人後，我屈膝蹲下，雙手合十閉上眼。

雙手合十僅短短一瞬。

結束這形式上的掃墓後，我輕輕站起身。

靜靜飄下的雨水將墓園染得全濕。

『我覺得啊——』

眺望這煙霧般的細雨，青梅竹馬關谷約三個月前說的話在我腦袋中響起。

『——這世界上有很多不知道比較好的事情，到死之前會遇到多少這類事情，全看那個人的運氣了。』

那是我們升上同一間高中後的第一個週末，我們一起在母親墓前雙手合十，向她報告上

註1：日本人祭拜、敬神用的樹。

高中了。

『還有啊，也有很多不去想才能活得痛快的事情，會思考多少這類事情就全看那個人本身的特質了。』

『……妳幹嘛突然說這個啊？』

關谷站起身，我目不轉睛地隔著雨水看她，感覺和平常不太一樣。那是我那天第一次仔細看關谷。露出漂亮形狀額頭的清爽短髮，輕盈的細長眉，以及直率看著對方的誠摯眼神。明明和平常相同，卻感覺和記憶中的臉蛋有所不同。就在我想著到底哪裡不同，發現是她化了淡妝時，關谷開口說：

『你認為呢？』

『什麼？』

『我剛剛說的話。』

她像在試探什麼的樣子，我不知該怎麼回答，關谷一瞬間露出奇怪表情，然後輕拍我的背。

『──我先回家囉，春人你也早一點回家。』

接著留下我一人，關谷在雨中離去。

──雨水滴滴答答打在傘上。

雨勢稍微變強了。

獨自一人站在墓碑肅穆豎立的墓園中，我陷入彷彿回到四月的錯覺。突然感覺自己的存在格格不入，我重新把包包揹上肩離開墓園。

十幾分鐘後，我站在墓園和我家中間的某個古舊石橋上。

我不想直接回家，但也沒想去其他地方。在我騎著自行車迷惘時不經意看到這座橋，便停下腳步。橋上聞到濃郁的水的氣味。我把手放在雨水染濕的欄杆上，心不在焉地看著河面掀起白色泡泡的黃濁水流不停、不停朝下游流逝好長一段時間。

到底就這樣看了多久呢？

不知何時，波濤洶湧的河面變得平靜。

雨停了。

隔著塑膠傘看天空，仍舊是灰暗的天色，隨時都可能再下起雨來。我甩了甩雨傘上的水氣，捲起來扣好綁帶。

正當我呆站在橋上時——

……好想消失。

突然冒出這個想法，接著我也被自己這個想法嚇到。

我並沒有對什麼事情深刻絕望，日常生活也沒發生什麼戲劇性事件。但是，「想消失」這個念頭冒出來後，就覺得沒有哪句話能更貼切地表現我現在的心情。和「想死」不同，是「想消失」。

褐色川流唰唰流逝。

我稍微伸展放鬆自己緊繃的身體後，又再次靠上欄杆。

「呼」地嘆了一口氣。

是因為連續兩天去掃墓才出現這種想法嗎？被飄散在墓園中的死亡氣息觸發，不管願不願意，都讓我開始意識到總有一天會迎接的死亡以及到死之前的漫長過程。

——不對，真的是這樣嗎？

水聲「唰唰、唰唰」充斥我的大腦。

……仔細想想，「想消失」的心情只是沒說出口，感覺很早以前就隱約存在我的心中。似乎要想起什麼了，記憶染上一片濃霧。

這種心情到底是從何時開始……

「那個……」

身後傳來清澈的聲音，我嚇了一跳，從沉思中驚醒。

我驀然回頭，倒抽一口氣。

大概是高中生吧。不知何時，一個大約同齡，身穿陌生水手服的女生，就站在離我兩、三步遠處。

她直直看著我，接著說：

「可以請你消滅我嗎？」

我陷入混亂。

一瞬間還以為自己看到幻覺，以為突然浮現於腦中的「想消失」的願望飛出胸口跑到外頭。但說她是幻覺也太過真實，說是現實也有哪裡不太對勁。

該怎麼說呢，她身上是濕的。

沒有到全身濕透，但大概是被剛剛那場雨淋濕了吧。漂亮的黑髮髮尾染濕黏成一束，帶水的白襯衫變成半透明乳白色，部分緊貼她的肌膚。不知是因為染濕還是因為昏暗，感覺她的肌膚與景色的界線很模糊，描繪出她的每個線條都給人細膩、柔軟的印象。

而她正微微發顫。

「……妳還好嗎？」

我雖然困惑，還是反射性地問出這句話。

「什麼？」

她的表情透露出受挫的模樣。

「沒有啦，總覺得妳好像在發抖……」

似乎是我說完後她才發現，稍微低頭看了看自己的身體。

「……有點冷。」

她微微苦笑道。

「冷？」

我不禁回問，她輕輕點頭。

「對，但是我不怕冷。」

真要說起來，今天是濕度很高的悶熱天氣，我不知該如何是好，從口袋拿出手帕，輕輕撫平後遞給她。

「如果不介意請用。」

這樣一身濕應該會感冒吧，或許在她說「有點冷」時已經太晚了。看見手帕遞到面前，她的眼神一瞬間產生迷惘，髮梢上的水珠敵不過重力地往下掉。

「請用這個擦。」

我再次輕輕舉了一下手帕。

「謝謝你。」

她畏怯地接下，彷彿把手帕當成易碎的玻璃工藝品。她動作生硬地把手帕貼在濕潤的頭髮上，看著眼前的她，我從自己的心神不寧中漸漸醒來。

「那個，妳說，消滅是……？」

我一問，她有點不好意思地笑了。

「我是幽靈，很早以前就死掉了，然後……我沒辦法確實消失……我很想消失。」

「幽靈？」

幽靈是指那個幽靈嗎？

「對。」

她點頭。

「我知道你一定覺得我說了很奇怪的話，只不過，我自己也束手無策。」

……想要消失的幽靈？

我不禁盯著她看，她也盯著我看。她的眼神柔軟、清澈，看起來不像是在說謊或是在開玩笑。

又一滴透明水珠從她的髮梢滴落。

眼睛追著水滴向下，她的腳映入我的眼簾……她有腳，穿著學生皮鞋，沒有影子。不對，話說回來今天陽光被厚重雲層吞噬，根本看不清楚東西的影子。只不過，染濕的橋面上彷彿滲透出她的輪廓般，微微倒映出她的身影……

——但起碼，她和普通人類的感覺不一樣。

她的樣子，讓我想起一小時前造訪的墓園中被小雨染濕的墓碑。並非「沒有生氣」，從她身上散發出的氣息與存在感反而讓我覺得比活生生的人更加真實——她身上有讓人認同「如果她說自己是幽靈，或許就是如此吧」的神奇說服力。

如果她真的是幽靈，那她是從墓園一路跟著我到這裡嗎？正當我思考這種事情時，她說：

「那個，突然麻煩你這種事情應該造成你的困擾，但是如果可以，可以請你幫忙讓我消失嗎？」

看起來不像在胡鬧，甚至感覺得出來她相當抱歉，也知道她很努力不想讓我害怕。

當我想著該怎麼辦時，一陣溫暖濕熱的風吹來，聞得到濃郁的雨水氣息。

我稍微抬頭看天空。

又要開始下雨了吧。

蘊含大量雨水的厚重雲層，看起來會輕易被一點小刺激打破而降下傾盆大雨。昏暗的天空下，佇立在雨濕橋上的她看起來很無助。

我輕輕吸一口氣後對她說：

「要不要稍微走一下？讓我們邊走邊說吧。」

我想要再和她多說一點話。

我還不想回家，如果真的很危險逃跑就好了。更重要的是，如果她真的是幽靈，我非常好奇她為什麼沒有辦法消失。

我們就這樣相識，兩人開始一起過橋。

為了將她從這個世界上「消滅」。

◆

鬧鐘響了。

我伸手摸索按下按鍵，停下響鈴。

房間一片寂靜。

時鐘秒針的滴答聲。

經過家門前的車子引擎聲。

遠處傳來夏日蟲鳴。

微微睜開眼，從藍色窗簾縫隙射進的陽光淡淡地在房間裡擴散。似乎是睡前沒有好好拉緊，我揉揉眼睛看著朝陽想「今天也確實迎接早晨了」。

我蓋著毛巾被躺在床上發呆，過了一陣子才坐起身。走出房間走下樓梯，到洗手檯洗臉。當我準備做早餐打開冰箱確認有什麼東西時——

「早安。」

父親從我背後經過。我看了他的背影一眼，也回了一聲「早安」。

一如往常的早晨。

從冰箱拿出一顆萵苣，從收納盒中拿出兩顆雞蛋關上冰箱。撕下幾片萵苣在流理檯沖水，甩乾水氣後撕碎放在盤子上，父親單手拿著報紙走回來坐在餐桌旁。

拿出平底鍋放在瓦斯爐上，轉開瓦斯。「啵」地一聲，青色搖晃的火焰與瓦斯的氣味一起出現。

倒油入平底鍋，在鍋緣輕輕敲破蛋殼，打蛋進平底鍋。一顆打得很漂亮，另一顆大概是力道沒抓好失敗了。破掉的蛋黃沿著鍋緣流開，也隨著熱度慢慢變色。我從流理檯的抽屜裡拿出料理長筷，把兩顆蛋打散混在一起做成炒蛋。灑上一點胡椒鹽，幾十秒就完成了。

我將蛋盛盤端上桌。

「謝謝。」

父親從打開的報紙中抬起頭，看了看我又看了盤子。

「炒蛋啊，還真罕見呢。」

因為一顆蛋破了。

我沒把這句話說出口，只簡短回應「嗯」。

炒蛋只會出現在我打蛋失敗的那天，而我已經很久沒有失敗了，這幾年習慣之後，每天都能打出漂亮的蛋。

「我開動了。」

隨意把炒蛋放到吐司上，擠上番茄醬。

「嗯，好吃。」

父親咬了一口後說，之後再沒第二句話。父親和我都是沉默的人，就這樣默默吃早餐。

「答、答、答」規律刻劃時間的秒針，穿過紗窗射進的陽光，音量很小的電視聲，小鳥鳴叫，以及偶爾經過家門前的車子聲。

和平常毫無不同的光景。

咬下吐司……一如往常的味道。

我細細品嘗這日常的味道。我和父親開始這樣的兩人生活，得回溯到六年前的昨天，二〇╳╳年七月十六日。

我沒辦法好好想起那天的事情。每次想回憶，腦袋就會糊成一團。我想，應該是突然發生太多事情，也突然有太多事情就這樣結束，我的腦袋根本來不及整理。

二〇╳╳年七月十六日。

再更詳細說，二〇╳╳年七月十六日下午四點五十一分。嚴格來說這也不太正確，這是醫師宣告母親過世的時間。沒有人知道真正正確的那一瞬間。因為科學還沒有解開生與死的界線，死亡沒有明確定義。因此人們會以「一般來說，變成這種狀態後就不可能再醒來」的死亡三徵兆，心跳停止、呼吸停止、瞳孔對光反射消失，來判斷為「死亡」。

不管怎樣，母親的性命從世界消失的那時，我正在放學回家路上，完全沒有意識到這一個瞬間。在我不知情時，母親已經跨越生死界線，這世界變成母親不在的世界，從那瞬間開始，我一直活在沒有母親的世界中。

和父親一起。

「我吃飽了。」

父親吃飯速度很慢，先吃完早餐的我留下父親一人，拿著自己的盤子和杯子起身。

轉開流理檯的水龍頭，大概是開太大，冷水氣勢兇猛衝出，在透明玻璃杯中打出細微泡沫，馬上滿出來。我關掉水龍頭，倒洗碗精在海綿上，打泡泡、洗餐具、沖乾淨、擦乾、收回餐具櫃中。接著回房間一趟拿起高中制服。開學已過三個月，只有制服觸感終於開始變得熟悉，我換上制服揹起書包轉過頭。

經過客廳時，父親和平常一樣在餐桌上看報紙。

我昨天，大概遇見幽靈了。

那肯定是一件異常的事情。所以我想，我的精神層面或是日常生活或許會出現什麼影響，但到目前為止沒有任何變化。

「我出門了，順便拿垃圾去丟。」

我順手拿起收好放在廚房旁邊的垃圾袋。

「路上小心。」

沉著的聲音在我身後響起。我反手拉上門，外面刺眼的陽光讓我瞇起眼睛。天空好藍，今天感覺也是個大熱天。

騎自行車到車站，在停車場停好車，搭上平常同一時間的電車。車廂中的臉孔大多和平時相同。在第三站下車，從車站走十五分鐘後，上課前五分鐘抵達教室。踏進喧騰歡鬧的教室一步的瞬間，我產生沉入水族箱中空氣變稀薄的錯覺。

在一生只會造訪一次，名為「青春」的舞台上，仰仗年輕舞出燦爛光芒，如果這是高中生最令人期望的樣貌，那我認為自己不適合當高中生。

這天第三次宣告課堂結束的鐘聲響起。

起立、敬禮、坐下。

彷彿要抹滅響鈴的餘韻，學生們發出聲響從座位上起身，我趴在桌子上，椅子的震動從我的腳一路爬到我的肚子。

課堂間的下課時間。

「那真的還假的啊？」「超誇張的耶！」「很誇張對吧！」只是配合他人和氣氛說出的沒內容對話在我頭頂上交錯，我只是把自己埋在雙臂中閉上眼睛等待時間過去。

情緒肯定和身體一樣有正常體溫這種基礎溫度吧，而我的基礎溫度比高中生標準還低。想要維持與高中生相符的興奮情緒活動，就需要某種程度的天真與演技，但我沒有。既不天真，也沒有就算演戲也想融入大家的心情。

要說願望只有一個，就是想要安靜生活，這才符合我的天性。只要能靜靜活著，對我來說就已足夠。

但是，周遭的人似乎不這麼認為。

「不覺得那個人老是在睡覺嗎？」

教室後方傳來大聲量，我想著「啊啊，又在講我了啊」。

「應該沒朋友吧？」

「啵」，背上傳來輕微刺激感。

「山內別這樣啦，他很可憐耶。」

「才不是，就說不是！我只是手滑了而已啊！」

山內搞笑地辯解，遲了一點，我的腰部感到與方才相同的刺激。瞬間響起哄堂大笑。

在那之後，我的後背好幾次感受相同的刺激，但我姿勢不變，直到上課鐘聲響起才慢慢抬起頭。

在手臂中悶熱的臉感覺常溫的空氣冰涼，眼睛壓在手上的關係，對焦的速度稍顯緩慢。視線有點模糊，色彩暈開的教室中，數學老師走了進來。

起立、敬禮、坐下。

「喀、喀、喀」粉筆聲響起。

黑板上羅列著英文與數字。

同學白色的背影在教室中變得顯眼。

飛機沉重且拉長的轟轟引擎聲。

當我拿起自動鉛筆時，隨意滾落斜前方同學腳邊的橡皮擦碎片映入眼簾。

窗外吹著濕黏的夏風。

我按出自動鉛筆筆芯，開始抄寫黑板上的內容。

隨風飄流的雲朵偶爾遮住太陽，教室內的光線也隨著微微明暗。

上課中，我數度不自覺想起昨天與幽靈的她的對話。

沿著河川邁開腳步，我問她：

「我叫泉，妳叫什麼名字？」

這條路的寬度勉強能讓兩人並肩行走。兩側被夏草覆蓋的老舊柏油路沿著河川蛇行，消失在霞光中，看起來像沒有盡頭。

「我的名字嗎？」

她把視線移往昏暗天空，彷彿想從中找出話來說，稍微思考後才開口：

「……我叫，ＳＡＫＩ。」

「ＳＡＫＩ？」

「對。」

ＳＡＫＩ微微一笑。

她一笑，她身邊原本充滿緊張感的氛圍立刻變得輕柔。她笑著。雖然笑著，不知為何，有一瞬間看起來泫然欲泣。

「那個，你的名字呢？」

ＳＡＫＩ反問我。

「泉。」

「泉是姓嗎？」

聽她這麼一說我才發現，泉可以是姓也可以是名。

「泉是姓，名字叫春人，季節的『春』加上人類的『人』，春人。」

ＳＡＫＩ點點頭，像在確認念法般輕語。

「春人同學。」

好久沒被家人以外的人喊名，我有種不可思議的感覺。

「那個，妳姓……？」

我一問ＳＡＫＩ，她有點為難地笑了。

「我好像忘記了。」

「咦……啊，這樣啊。」

有可能忘記自己的姓嗎？啊啊，但變成幽靈後或許也會發生這種事吧。雖然我也不太清楚幽靈是怎樣的東西。

無話冷場，有種流水聲變大的錯覺。

我想要問SAKI一些問題。

感覺有很多事情想問，但問題一個一個湧上後，還沒化作言語就在腦袋裡四散消失。我沒有問問題，而是偷偷屏息側耳傾聽她的氣息。我試著想要找出她活著的證據或者是死亡的證據，但我感覺不出她有呼吸。

「雖然是我自己提出請消滅我的要求……」

SAKI打破沉默，我回過神來。

「其實我完全不知道方法。」

出乎我意料之外。

「是不是有什麼想要實現的事情啊？」

「沒有。」

「或是有什麼讓妳掛心的事情。」

「這個嘛……也沒有。」

「但是……」

我還沒完全相信她是幽靈，但幽靈停留在這個世界上，應該有什麼理由或是目的。我能想到的就是牽掛，只要實現就能消失，這類事情沒辦法獨自辦到，所以希望有人能幫她。

「消滅」，我還以為就是這種意思……

「我沒有意志。」

大概是察覺我的疑問，ＳＡＫＩ如此說。

「我想，如果有『想要這個』或是『想做這件事』，或者有怨恨或憎恨之類什麼強烈的感情，肯定可以把這些當成原動力來行動……但我真的什麼也沒有，不知道到底該怎麼做才行。」

「那麼，我應該也幫不上忙吧……」

「或許是這樣。但該怎麼說呢，我自己也嘗試各種方法想消失，但沒有一個方法成功。我想我一個人一定有極限。所以如果可以在不會造成你負擔的範圍內幫我，我會很感謝……當然，你也可以拒絕。」

我花了一點時間才消化她所說的話，沒辦法馬上給出答覆。

「ＳＡＫＩ……同學……」

我猶豫稱呼頓了一下，至少這不是叫出更親密稱呼的氣氛，大概發現了我的迷惘，她稍微笑了一下。

「叫我ＳＡＫＩ就好。」

「好，那個，但說起來妳為什麼想要消失？」

「我覺得死了之後應該要回歸什麼地方，那肯定才是自然的道理。而且像這樣毫無止盡地徘徊下去……」

SAKI含糊其辭沒有說到最後。

一瞬的沉默後，她彷彿想起什麼而抬頭看天空。

「……在變暗之前回去吧。」

她這麼一說我才發現周遭逐漸變暗，接著為了折返而轉頭時，看見橋比想像中還遠，嚇了我一跳。

折返時，我問了她幾個問題。

住哪裡、念哪間學校、哪個社團、家庭成員、朋友等等。每問一個問題，她看起來都很拚命尋找回憶，但最後總是相當不好意思地聳肩說「我不知道」。在她忘記姓氏和名字的漢字時我就已經有預感了，看來她除了自己名字的發音外不記得任何一件事。

邊走邊重複著輕飄飄毫無手感的問答時，昏暗的天空變得更加陰沉。

抵達橋邊，我們在昏暗中無意識地看著彼此。

「SAKI要回去哪裡……？」

我一問，她這次沒有回答「不知道」，而是曖昧一笑。與其說是想用富含深意的笑容躲避問題，更像是不知道該怎麼回答，很為難的笑容。

別追究比較好吧，我轉移話題。

「明天下午五點左右再次在這裡見面，這樣可以嗎？」

「可以嗎？」

「可以。」

「那明天見，麻煩你了。」

SAKI有禮地低頭致意，但她似乎沒想要走動，看來是要目送我離開。我想我應該得先過橋才能讓她回去，我走到停在橋邊的自行車旁，SAKI也跟著我一起走到橋的南側橋頭後停下腳步。

我解開自行車鎖，踢開腳架跨上座椅，正當我準備回家時停下動作——好像有什麼忘了，是什麼啊？似乎遺漏了什麼很重要的事情。

啊啊，對了，就是那個。

「如果妳感覺有辦法消失可以直接消失，如果妳沒出現，我只會想『啊，妳消失了啊』而已。」

和我的約定要是成為束縛她的枷鎖，那就得不償失了。

SAKI點點頭，接著露出有話要說的表情。

我放鬆腳踩踏板的力量等她說話，過了一會兒她才搖搖頭微笑說「謝謝」，我以為她會繼續說下去，但只有這句話。

「那麼……再見。」我說。

「明天見。」

她輕輕揮手。

我用力踩下自行車踏板。

我們昨天就這樣分別了。

時間彷彿從岩縫中滲出的水一般，緩慢、緩慢地前進。

第五堂課，日本史。

枯燥念課文讓人昏昏欲睡。

我三不五時偷瞄時鐘，想著真討厭夏天。熱到讓人無力，只要一放鬆，腦袋就立刻昏沉起來，流汗也讓人心煩。而且日照時間長，外頭不管多久都是明亮天色，讓人搞不清楚時間。

班會的時間結束，當我整理東西要快點走出教室時，一個白色的身影經過我身邊走出教室，是關谷。大概要去探望她祖父吧，她最近很早回家。我慢了一步出教室，其他班的學生也走出來，走廊變得擁擠嘈雜。我鑽過人群朝樓梯口走去。

鋪磁磚的樓梯相當涼爽。

從鞋櫃拿出運動鞋，腳套進去，鞋帶比平常綁得更緊。一走出室外，夏天的熱氣緊貼在肌膚上。

走過校門轉過幾個街角，走到沒有遮陽處的大馬路，被直射的豔陽加熱的柏油路扭曲了空氣，在數十公尺前方的道路上創造出水窪假象。

海市蜃樓在走近時突然消失，又出現在更遠方。接近，消失，出現在遠方。

就這樣不停重複直到我抵達車站，搭上電車。發車。

「喀噹」，車廂輕輕搖晃，景色慢慢往後流逝。

坐在空調涼爽的車廂內，汗水也漸漸停下，同校學生吵吵鬧鬧走進車廂，坐前面的他校學生邊滑手機邊伸了個大懶腰，坐他旁邊的嬌小婆婆在打瞌睡，視線轉往窗外，窗外是一片悠閒的鄉下夏日風景。

我接下來要去見幽靈，或者是假扮成幽靈的人類。

在電車裡人工創造出的涼爽中重新思考後，感覺那真是件相當奇妙的事情。

喀噹、叩咚。

電車奔馳。

喀噹、叩咚。

電車停下。

幾名乘客上車、下車後，電車又再次開動。

老婆婆在第二站下車，我也在第三站下車。

聽著背後電車遠去的聲音，我走過收票口前往停車場。把自行車牽出停車場，原本想直接朝約定的石橋前進，我又轉了個想法變更方向。

二十分鐘後。

我把自行車停在自家門前，從玄關的傘桶中抽出一把大塑膠傘。接著把傘插進自行車的車架中，朝石橋前進。

◆

ＳＡＫＩ就在我昨天駐足的橋上，獨自一人眺望河面。

夏季的白天很長，都已經過下午五點了還很明亮，在無法想像一、兩個小時後就要日落的天空下，她的手靠在欄杆上，看起來若有所思。我偷偷看了她的腳邊，從腳邊延伸出的黑影在橋面中斷，接下來和橋的影子一起落在河面上。

她有影子……所以說應該有實體吧。

抵達橋之前按下煞車減速，把自行車靠邊停避免阻礙他人通行，ＳＡＫＩ聽見聲音便抬起頭來。

「你好。」

她的聲音爽朗澄淨，在水聲、夏日蟲鳴、鳥叫聲及遠處吹拂的風聲等各種聲音中直直傳來，如同雨水滲入土壤般傳進我的耳中。昨天沒有意識到這點，今天再聽覺得她的聲音很美。

「對不起，我遲到了，等很久了嗎？」

「沒有，謝謝你來。」

ＳＡＫＩ籠罩在夏日陽光中，加上頭髮與眼睛在陽光照射下顯得透明，輪廓比昨天在陰天下看到的更加淡薄。

「沒事吧？」

我一問，她嚇了一跳。

「那個，因為妳淋濕了，會不會感冒之類的……」

ＳＡＫＩ愣了一下才點頭：

「沒事喔，謝謝你。你呢？沒有感冒吧？」

「嗯，我沒事……」

我邊說邊搔頭。

雖然和她約好來到這裡，但完全沒具體決定會合後要做什麼。就在我迷惘著接下來要怎麼辦時，她有點不好意思地開口：

「可以和昨天一樣邊走邊說話嗎？」

「嗯，就這樣吧……妳想走哪邊？」

去SAKI想走的方向比較好吧。我直覺一問，SAKI手指北邊。我們就和昨天一樣朝北邊開始過橋，過橋後右轉，朝東邊沿著河岸走。

潺潺流水聲，蛇行綿延的細長道路，青草氣味與河水的氣味。昨天因雨混濁的河川今天澄清幾分，輕風拂過河面，閃亮水藍光芒。和昨天相同的道路，只因為放晴而看起來完全不同。不知是否錯覺，SAKI的腳步也比昨天輕快。

「我從昨天起就一直回想以前的事情。」

SAKI邊走邊說。

「以前的事情是？」

「住哪個地區、學校、朋友、家人之類的，昨天春人同學問我的那些事。」

「啊。」

「但我還是只能想起自己的名字。」

「這樣啊。」

「嗯，我想不起來，連什麼時候、在哪裡、怎麼死的都不知道。」

這對ＳＡＫＩ來說應該是很敏感的問題，而且我也不完全相信她是幽靈，昨天刻意不問這個問題，所以我也只能普通回應。

「這樣啊。」

接著她腳步遲緩彷彿猶豫著該不該著地。

「……春人同學，那個啊……」

我看著ＳＡＫＩ的側臉。

她的臉被頭髮遮掩，我讀不出她的表情，她的另一側，河面彷彿眨眼般反射閃亮光芒。

她看著前方繼續說：

「如果你願意幫忙讓我消失，我會非常感謝你，」

「嗯。」

「……只不過，我可能會消失，也可能永遠不會消失。所以如果接下來，你出現了各種迷惘，我希望你能以自己的事情為重。」

「我知道了。」

SAKI微微看我一眼。

「真的嗎？」

「我知道啦。」

「可以問你一個問題嗎？」

SAKI緩緩停下腳步，我也跟著她停止，或許是錯覺，感覺她一臉緊張地輕輕張開雙手。

「在你眼中，我看起來怎麼樣？」

光線在SAKI身後搖曳，連她眼睛的虹彩和眼睫毛的陰影都能看見，正面相對讓我感到有點緊張。身體毫無防備地展露在面前，反而讓我不知該看哪裡好，我看了她的臉頰與小腿附近一眼，別開視線。

「……還滿普通的。」

「那是和活人差不多的意思嗎？」

「嗯～～該怎麼說呢。」

她大概是幽靈吧。像這樣站在面前和我說話，讓我有這種感覺。但那終究只是感覺，我還不知道這種模糊的感覺是從何而來。

「輪廓比一般人還淡的感覺，但那或許還在眼睛錯覺的範圍內吧。」

「那麼就是看起來不太像幽靈囉？」

ＳＡＫＩ看著自己的掌心。

「嗯，就是這樣。」

我突然想到。

「妳不太清楚別人眼中的妳是怎樣嗎？」

「因為我一直是獨自一人。」

「一直是多久了？」

「多久了呢……」

ＳＡＫＩ的眼睛就像突然關燈般失去色彩。不對，彷彿周遭的景色從她心中消失一般。

但那也僅僅幾秒，ＳＡＫＩ微微一笑：

「大概一、兩年吧。」

沒接觸任何人度過一、兩年是怎樣的感覺呢？我有點無法想像。

「這樣啊。」我只能給予這種毫無意義的回應。

「嗯。」ＳＡＫＩ靜靜點頭。

「啊……那麼我們接下來要用怎樣的頻率見面？」

「你有參加社團嗎？」

「沒有。」

「應該有打掃值日生之類的吧。」

「有打掃值日生，但下週開始放暑假。」

「這樣啊。」

我們彼此提出了每週一次或是每隔三天之類的幾個提案，但最後決定每次見面時才決定下一次見面的時間。ＳＡＫＩ現在立刻消失的可能性也非零，別決定那麼多接下來的預定比較好。

差不多該回去了，在她的提議下，我們沿著原路折返。

「我還有一個希望一在開始就決定的事情。」

慢慢走在來時路上，ＳＡＫＩ突然開口。

「什麼事？」

「要不要決定每次見面的時間長短？」

「為什麼？」

她回頭看了背後一眼。

「這條路看上去像沒有盡頭對吧？如果不決定一個段落，我覺得我和你都會抓不到回頭

的時機。」

「確實是這樣。」

我們現在步行的道路往前後延伸，沒有一個明顯的目標。如果我們沒有決定段落，感覺會一直走下去。正如她所說，一開始先設定好終點比較好。而且這樣一來，就不需要猶豫每一次回頭的時機。

「一個小時如何呢？」

「我也覺得那樣差不多。」

就在說這個話題時，我們回到橋邊。火紅燃燒的太陽掛在西邊天空，橋、河面、SAKI和我都被染成橘紅色，正好是該回家的時候了。

「下一次要怎麼辦？」

我一問，SAKI稍微想了一下：

「……三天後，如何呢？和今天相同時間。」

週五啊。

「嗯，那就週五再見。」

「我們別說『再』吧。」

聽她一說確實如此，如果約定變成牽掛那就得不償失了。

「我明白了……啊，對了，妳等我一下。」

我想起雨傘，從停在橋邊的自行車車架上抽出塑膠傘回到ＳＡＫＩ身邊。

「這給妳，如果下雨了就拿出來用吧。」

我遞出傘後，ＳＡＫＩ有點躊躇。

「這樣不好。」

「別介意。」

「但是……」

「如果妳消失了也不用還我，每次下雨都淋濕妳會感冒的。」

「我『沒辦法』感冒喔？」

不是「不會」而是「沒辦法」。

簡直像是她曾經試著想要感冒一樣。

她晚了一步才發現這件事，「啊」地一聲露出尷尬的表情，她昨天說過為了消失嘗試過許多事情，她至今為了消失嘗試的「許多」事，應該也包含這類事情吧。

「雨天撐個傘比較好啦。」

我半強迫她收下傘，她很不自在地把傘抱在胸前。

我背對她朝自行車走去。

踢開腳架，跨上座椅後稍微回頭，ＳＡＫＩ無事可做似地佇立在橋上，和昨天一樣沒有走動的跡象。想要讓她回去不知名處，果然要我先離開才行。

「掰啦。」我說完。

「嗯，掰掰。」她點頭朝我輕輕揮手。

我踩下踏板離開。

◆

三天後，當我於最後一刻踏入教室時，後方座位傳來「啊哈哈！」的大笑聲。以窗邊後方位置為中心，醒目的一群人聚集在那邊，其中一人坐在窗邊後方數來第三個位置——我的位置——上仰頭大笑。

「然後啊，那傢伙真的啊……」「什麼？那什麼啊！也太渣了吧！」

這幾天，我的座位已經變成他們的群聚地，就連我走近也沒發現我。

「……座位，可以還我嗎？」

我一問，氣氛立刻僵住，坐在我位置上的同學厭煩地嘆一口氣：

「哇，來了啦。」

用隱約能聽見的音量小聲說完後站起身，其他人也跟著他，於走過我身邊時四散開來。

「喀噹」，我拉開椅子坐下。

從書包裡拿出課本，視野的角落感覺到一股視線——是關谷。她從前面的座位看向我，我裝作沒發現地打開鉛筆盒，拿出筆擺在桌上，把一根一根筆芯裝進自動鉛筆裡。

關谷看了我一段時間，在我持續不理她之後，別開了視線。

放學後，我從車站直接往石橋前進。

水面反射的光芒在橋底搖晃畫出鱗片模樣，ＳＡＫＩ和上次一樣站在橋上眺望河面；和上次不同的是，靠在欄杆上的她手中掛著我上次給她的傘。

「鏘」，我在橋邊停好自行車時，ＳＡＫＩ抬起頭。

「你好。」

「妳好。」

河面反射著無數光芒，反射光線照射下讓我瞇細眼睛。今天的河川暴力級刺眼。

「今天也在這附近走走吧。」

正當我要邁出腳步時，ＳＡＫＩ的動作似乎有點躊躇。

「啊啊，要不要把傘放下？很礙事吧。」

今天完全沒有要下雨的跡象，拿傘走路也很礙事。我從SAKI手中拿過傘，走回橋邊，在自行車旁蹲下膝蓋著地，把傘插入冰冷發光的自行車車架中，再回到SAKI身邊。

「我們走吧。」

我說完後邁開腳步，她晚了一拍也跟上來。

廣闊的藍天飄著幾朵積雨雲，地面四處有著雲朵影子。這條路仍舊不知延伸到何處，我們只是一逕往前走。

SAKI一直沉默不語。

上次、上上次也是相同，她不會為了填補沉默而勉強說話。我也不是太多話的人，對話與對話間自然而然出現沉默。只不過，我覺得和上次沉默的性質些微不同。

SAKI偷偷瞄了我一眼。

「怎麼了嗎？」

我一問，她如花朵搖擺般輕輕搖頭。

這動作總覺得如夢似幻，讓我重新有了「啊啊，對啊，她只剩下消失就一切結束了啊」的感覺……她到死的過程中或多或少有肉體的痛楚或是苦痛吧，但不管是怎樣的痛苦，那一瞬間已經結束，她今後也不會再次經歷。

或許很不禮貌，但我覺得那真令人羨慕。

就這樣過了一會兒。

「噯，春人同學。」

ＳＡＫＩ開口。

「什麼？」

「發生什麼事了？」

ＳＡＫＩ看著我的視線好溫柔。

「不，沒有什麼。」

我反射性地回答。

「這樣啊。」

我以為她會繼續問，想著我該對她說的話做出什麼回應而繃起身體，但她乾脆地結束話題讓我嚇了一跳。在那之後沉默了一段時間。

時間慢慢流逝。

我靜靜地邊走邊看夕陽在河面晃動的模樣。這樣走著走著，曾幾何時心情也跟著平靜下來。我思考這是為什麼，後來推測，應該是大多數同學都喜歡以氣氛、情緒為優先，依賴著氛圍對話；而ＳＡＫＩ是把言語當成因應需要，向對方傳達意志與心思的手段。

突然，ＳＡＫＩ像是想起什麼地開口：

「話說回來，時間呢？」

我拿出手機確認時間，來到這邊已經將近三十分鐘了。

「啊，時間差不多了，我們折返吧。」

接著我們回頭走來時路。

天空中，被太陽鑲上金框的浮雲慢慢地變形流動，帶有濕氣的風吹動她的頭髮與裙子。

風中有夏日傍晚的寂寥氣息。

「該怎麼說呢……」

「嗯？」

她輕輕地抬起頭，我搔搔頭。

「妳啊，感覺很穩重耶。」

「是嗎？」

「嗯。」

SAKI稍微笑了一下說：

「我的情緒很不穩定喔。」

「妳情緒不穩定嗎？」

「嗯。」

「那個……是哪裡不穩定？」

「像是突然拜託第一次見面的人『請消滅我』之類的。」

「就算妳那樣說，看起來也很冷靜啊。」

「因為要是幽靈突然氣勢十足找人說話，那很恐怖吧？」

ＳＡＫＩ緩緩一笑。

「嗯，這樣說也是啦。」

能做出這個判斷本身就是冷靜的證據吧。真的情緒不穩定的人，根本沒有多餘心思顧慮自己的言行會造成他人情緒上的負面影響。

此時，一個巨大的影子從我們上方滑過，抬頭一看，老鷹在橘色的空中畫圓飛行。

不知何時已經走回橋邊了。

ＳＡＫＩ停下腳步，我也跟著停止。

橋上混雜日落的氣息與歌頌夏日的蟲鳴聲，遠處的山林變成黑影，彷彿像是細膩的皮影。

我想要再多說一點話，但並不知道該怎麼繼續，我慢慢走到自行車旁，抽起傘交給ＳＡＫＩ。

她目不轉睛地盯著傘看。

「好厲害。」她說。那就像是不小心脫口而出的說話方法。

「什麼？」

「拿著，或是放下這類的。」

「？」

「想要一直擁有什麼，就必須選擇拿著走或是放下……但是，想要把什麼東西放下，就得要有擺放的地方。」

「……妳平常都在思考這種事情嗎？」

「沒有，沒有常常。只不過，自從你給我傘之後，我就思考了很多事情。」

我突然想到。

「妳睡覺時，傘放在哪裡啊？」

但話說回來，ＳＡＫＩ會睡覺嗎？

她輕輕搖頭。

「我晚上會消失，消失的時候就擺在不太有人經過的地方。」

……晚上會消失？

我花了一段時間才理解ＳＡＫＩ所說的話。

「……妳晚上會消失嗎？」

「嗯，因為晚上很恐怖。」

她點點頭，那似乎不是我聽錯。

「妳不是沒有辦法消失嗎？」

「沒有辦法消失喔。」

ＳＡＫＩ若無其事說道。

「但妳現在說了晚上會消失……」

我說到一半閉上嘴。

我看著ＳＡＫＩ，ＳＡＫＩ也看著我。

「對不起。」ＳＡＫＩ說。「對不起，我的說法不好。我可以暫時消失，但沒有辦法真正消失。」

我搞不太懂她說的話。

「可以消失但沒有辦法消失？」

「只要天亮之後我就會回來。」

太陽正要帶著光線走進山的另一頭，天空已然昏暗，第一顆星星也現身了。夜晚即將來臨，ＳＡＫＩ的輪廓已經開始帶著夜色了。

「……回來？」

突然，我感覺夜晚是相當巨大的東西。

ＳＡＫＩ會被從東邊襲來的巨大夜色吞噬，感覺一旦被吞噬後就無法再次回來。如果她每晚都會消失，比起為什麼不會就這樣消失，我更對她怎樣從夜晚中回來感到不可思議。

我想要問得更詳細，但看見她被逼到絕境的表情，我便放棄了。

「下一次，約三天後的下午四點見面可以嗎？」

三天後是結業式，下午不上課。

聽見我轉換話題，她鬆了一口氣。

「嗯。」

「那三天後見。」

我再次朝自行車走去。

從書包裡拿出自行車鑰匙，插入鑰匙孔中轉動。清脆的「喀嚓」聲小聲地響起，我稍微回頭看了眼橋上的ＳＡＫＩ。她的身影有一半變成黑影，看不清表情。

我踢開自行車腳架。

「掰啦。」

我說完後，橋上的ＳＡＫＩ朝我揮手。

「嗯，掰掰。」

◆

「春人，最近發生什麼事了嗎？」

關谷的聲音讓我回過神來。

不知何時，我的意識飛到昨天和ＳＡＫＩ的對話上了。

「什麼『什麼』？」

「我也不知道，但覺得你最近常常發呆。」

關谷在我家的廚房中，邊熟練地把很有份量的高麗菜俐落切絲邊說。每月的第三個週六，青梅竹馬的關谷會到我家吃晚餐。這是從我幼稚園，關谷從橫濱搬到這個城市後便一直持續至今的習慣。

「沒什麼。」

我剝著玉米皮，她就在我身旁「哦」了一聲，把美乃滋擠在高麗菜旁。我突然想，如果對關谷說ＳＡＫＩ的事情，她會說什麼呢？但立刻打消這個想法。

「茂爺爺最近狀況如何？」

我盡量自然地詢問，關谷從我手中接過玉米說：

「狀況不太好。」

「這樣啊。」

關谷的祖父茂爺爺，已經在鄰鎮的醫院住院近一年。我不清楚詳細病狀，但聽說他住院時病情已經相當嚴重了。關谷最近似乎頻繁去醫院探病，感覺我不該在此時和她說ＳＡＫＩ的事情。

光說自己見到幽靈應該就會被視為危險人物了吧。就算現階段ＳＡＫＩ沒有造成任何危害，但我也有自覺，從他人來看這是件相當危險的事情。更重要的是，我不想讓關谷多擔心一件事。

關谷在砧板前停下動作，我正想著是怎麼了。

「對不起，換手，切不下去。」

她說完後退一步，插著刀子的玉米就擺在砧板上，換我站到砧板前，手壓在刀子上用力，刀子沒辦法切斷玉米。

「真的耶，切不下去。」

越胡亂用力，貼著砧板那一面的玉米也跟著壓碎，關谷從旁邊看我的手：

「小心手喔。」

「嗯。」

「春人啊。」

「嗯？」

「那把菜刀差不多該磨或是換新的比較好，不利的刀子會在奇怪的地方卡住需要用力，比銳利的刀子更容易受傷。」

「我知道了。」

「真的知道了嗎？」

「知道啦。」

我們兩人邊對話邊處理茄子、番茄、南瓜和洋蔥等蔬菜時，父親回到家進來廚房，輕輕拿高手上的塑膠袋。

「我回來了，我買肉回來了喔。」

「歡迎回來。叔叔，我們快把蔬菜切好了，可以麻煩你先把烤盤加熱嗎？」

關谷把蔬菜及香菇盛盤，我把那拿到客廳桌上。父親按下電烤盤的開關，在加熱的鐵板上抹一層油，等到三人都就座後開始烤肉。

「叔叔，喝啤酒可以嗎？」

「好，謝謝，明美要喝什麼啊？」

「我要喝烏龍茶。」

只要有關谷在，我家的氣氛就會開朗幾分，沉默的父親也比平常多話。我和關谷一一吃光肉和蔬菜，父親在旁幾乎沒有吃東西，偶爾會慢慢喝幾口啤酒。

「學校怎樣啊？」

父親問關谷。

關谷瞄了我一眼，我假裝沒發現，繼續夾烤肉。

「我們導師，只要講到什麼就會立刻提到大學考試，對吧，春人。」

「啊，對啊。」

「才好不容易考上高中而已耶。」

涼風與蟲鳴從大開的窗戶跑進室內，隨風搖曳的蚊香氣味與食物燒烤的啾啾聲造就輕鬆氛圍，同時也有種懶散感。

「明美已經決定高中畢業後要幹嘛了嗎？」

「什麼～～連叔叔也這樣問？」

雖然這樣說，關谷把原本要就口的玻璃杯放回桌上。

「我有一點想做的事情。」

「什麼事？」

「我的腦袋也還沒完全整理好，所以沒辦法好好說。只不過，我為了那個想做的事情，要去念北海道的大學。」

第一次聽到。不是想去，而是要去，如此斷言這點真有關谷的風格。

「這樣啊。」

父親喝了一口啤酒。

「這樣啊，嗯，去喜歡的地方就好。妳很能幹，不管去哪裡、要做什麼都沒問題。」

「可能到了三年級又會改變心意吧。」

在旁聽兩人對話的我拿起自己的玻璃杯喝了一口烏龍茶，雖然關谷說得輕鬆，但我想她大概不會改變心意吧。她很少改變自己做出的決定，那麼，這個從小持續到現在的烤肉聚會也只剩下不到兩年了啊。

這個烤肉聚會的發起人是我的母親和關谷的祖父茂爺爺。

茂爺爺以前是老師，母親似乎是他的學生。他們兩人原本就是感情很好的師生，某天關谷因為家庭因素搬到茂爺爺家住。很怕生的關谷遲遲沒辦法融入新的人際關係中，擔心她的茂爺爺就帶她來找有同齡兒子的母親，希望我可以和她一起玩。

從那之後，關谷和茂爺爺每個月一次，在第三個週六會到我家吃晚餐。一開始關谷對我充滿警戒，隨著次數增加慢慢熟識起來，甚至有時還會吵到被大人罵。小時候，我非常喜歡這段時光，比平常熱鬧又美味的晚餐時光，小孩子可以一起玩到晚上，對我來說相當有魅力。

我放下玻璃杯拿起毛豆吃，看著三人的餐桌心想「改變還真多」。讓我們齊聚一堂的兩位發起人不在，關谷也早就不會怕生了，但我們仍遵守著每個月三人齊聚的習慣，肅穆地烤肉。

「春人呢？畢業後要幹嘛？」

關谷突然開口問我，我回過神。

「我？」

父親沉默地夾起鐵板上烤過頭的肉。

我邊吃毛豆邊說：

「還在想。」

吃飽休息一下後，我套上拖鞋送關谷回家。這附近基本上都是悠閒的鄉間道路，但一個女生走在人煙稀少的路上還是危險。

拖鞋打在腳跟上的啪答啪答聲在夜路響起，光線昏暗的夜空中，夏日星座閃閃發亮，我看著天空心想，SAKI現在消失了嗎？

「剛剛那個啊……」關谷彷彿接續對話般開口。

「什麼？」我頓時不理解關谷想要說什麼。

「剛剛叔叔不是說了，去喜歡的地方，不管去哪裡、做什麼都沒有問題嗎？」

「啊，他確實說了。」

關谷目不轉睛地盯著我看。

「春人，你有好好聽進去嗎？」

「有聽啊。」

「真的嗎？那個啊，不是對我說，是在對你說耶。」

經過一戶人家門前時，風鈴「叮」地響了一聲。

「……對我說？」

「沒錯，對你說。」

「不是吧。」

「嗯，的確不是，那大概是對我和你說的。」關谷認真說道。

「不對，就只是對妳說吧。」

「是沒錯，但是啊，叔叔很想要說給你聽。有些事情就算想說也沒辦法直接說給對方聽吧？」

「嗯……」

「你沒有那種經驗嗎？把想說給喜歡的人聽的話，說給在他身邊的人聽這類的。」

「妳會做這種事喔？」

她露出有點憐憫的表情看我。

「叔叔很害羞，所以你要讀懂這類事情啊。」

「他不是妳想的那種人。」

「什麼？」

「沒有，沒什麼。妳真的要去北海道嗎？」

我自然地岔開話題。

「要去啊，你捨不得啊？」

「嗯……」

「你這時候就要回捨不得吧。」

「說捨不得也是捨不得啦，但是……」

「但是？」

「也覺得就是這樣吧。」

「真像你會說的話。」

關谷輕吐這句話。

「真像我？」

「我覺得啊，你比同年齡的人知道更多事情，所以也想得更多，但也因為這樣，其實你什麼也不知道。」

關谷停下腳步，不知不覺中已經走到她家了。

「這還真是遺憾。」

「是啊，你就是個令人感到遺憾的人。」

關谷笑著低頭看化妝包，在她摸索拿出鑰匙的短短時間內，茂爺爺的小家庭菜園映入我的眼簾。

小時候，只要早上到關谷家來玩，茂爺爺大多都在田裡認真照顧菜園。然後拿剛採收的玉米、茶豆、小黃瓜等季節蔬菜給我們當點心吃，回家時還會拿一袋讓我帶回家。

現在，總是整理得很漂亮的菜園失去主人，任憑夏草侵蝕，早已荒廢。

「謝謝你送我回來。」

關谷拿出鑰匙後開朗地說道。

「嗯，啊。」

我從菜園別開眼。

「晚安，回家路上小心喔。」

「嗯，晚安。」

◆

週一。

雖然和ＳＡＫＩ約好見面，但結業式結束回到我家這一站時，離約定時間還很早，我決定先回家一趟。

把自行車停在家門旁，回房間放東西，打開冰箱拿出麥茶來喝後稍作休息。接著走到緣廊換上拖鞋走出院子，刺眼的晴空下，衣物就在曬衣桿上隨風搖擺。

衣服都是父親早上晾，我放學回家後收。我把吸飽陽光的毛巾、衣物掛滿手臂，接著全往緣廊上丟。

毛巾、外衣、內衣、襪子、手帕。依序摺疊好收進衣櫃後才下午兩點，三點半過後出門也能在四點前抵達石橋，所以我還有一個半小時空檔。

我仰躺在地板上，閉上眼睛。

發熱的後背和後腦杓貼在冰冷的地板上好舒服，偶爾從敞開窗戶吹進屋的清風輕拂我的肌膚。

明天開始放暑假。

想到暫時可以不用去學校，我稍微鬆了一口氣。

遠處傳來蟬鳴，時鐘的秒針也在我頭上規律地刻劃時間。

聽著這些聲音，我突然遭受濃厚的睡意侵襲，意識跟著模糊。

——黑暗中，小小的火焰搖晃著。

燃起小小火焰的蠟燭旁擺著什麼。

黑色水面倒映著燃燒橘色火光的水桶，和隨意堆放的手持煙火。我抽出其中一個煙火，把前端靠近燭火。

燭火躍動地移往導火用的薄紙上，火焰將紙燃燒殆盡後扭轉消失。

一瞬寂靜。

晚了一秒，棒子前端伴隨「唰」的聲音，流瀉出銀白色光芒瀑布。光之瀑布照亮地面一段時間，燃燒殆盡後，周遭瞬間陷入黑暗之中。

把前端仍微紅的煙火殘骸丟進水桶中，煙火「咻」地一聲，發出死前的最後痛苦呻吟後，變黑變冷。

我拿起下一個煙火。

是氣勢磅礡燃燒的紅色水簾幕。

第三個是「啪、啪」長出樹枝的金柳。

我再伸手拿起第四個煙火。

點火，火熄，最後的痛苦呻吟；點火，火熄，最後的痛苦呻吟；又拿起一根煙火，點火……煙火殘骸在水桶中堆疊。

一點也不開心，但我無法停下手。

因為「我得把這座煙火小山燃燒殆盡才行」。

不知何時，周遭已經因為煙火的關係而滿布煙霧，煙霧鎖住淡淡光線，黑夜越變越明亮。

……到底過了多久呢？

突然，有個腳步聲從膨脹升起的白煙那頭靠近。

有人來了。

當我定睛凝視時，白煙燻痛我的眼睛，我緊緊閉上眼，然後再度張開眼睛。

那是個大人——女性……看不太清楚，但我突然湧起讓鼻子一酸發熱的懷念感。

那該不會是……母親？

心臟猛烈一跳。

當我瞇起眼睛想看得更清楚時，腳邊的燭火像是要引起我注意般輕輕晃動，仔細一看，手持煙火的小山中混入一個筒狀物。

是高空煙火。

火焰開始輕輕搖晃、搖晃。

微溫的風吹起，白煙越變越細，慢慢失去形體消失於黑暗中……白煙消退後，女人露出身影。

站在那裡的是母親，不對，是ＳＡＫＩ。

ＳＡＫＩ身穿制服，站在遙遠的黑暗中靜靜凝視我，我也回看她，我們在黑暗中互相凝視。接著，我想著「是啊」。

拿起高空煙火的紙筒。

如果有個要一起看這個煙火的對象，對我來說那就是ＳＡＫＩ，這就是為此製作的特別煙火。

——雖然覺得還有點早，但同時我也認為「只有現在了」。

把煙火筒下的導火線放在燭火上，但在火焰移到導火線上的瞬間，我心想「糟了，我還是搞錯了」，拚命想把火弄熄。但已經無從阻止，火焰沿著導火線往上跑。我在點燃火藥前放在地上，急忙遠離煙火。

導火線逐漸消失，燃燒殆盡。

咻！

隨著劃破空氣的聲音，紅色火花化作一道光線直直朝夜空延伸，接著——

碰！

金色光線在暗夜中寂寥炸開，僅僅一瞬間，將整個空間染上光明。光點飛沫在夜空中旋轉閃耀後消失。

……結束了。

我茫然地站在煙火小山面前，ＳＡＫＩ無聲無息地緩緩朝我接近，站在我面前。

我希望她說些什麼。

突然出現這個想法。原只是模糊出現的願望在下一個瞬間轉變成強烈的渴望，ＳＡＫＩ的沉默不語讓我焦躁。希望她快點說什麼，ＳＡＫＩ會說出我想要的答案。毫無根據，但我如此確信。說些什麼吧，拜託快點說什麼。

燭火尖端彷彿催促一般細細嘈雜。

ＳＡＫＩ仍注視著我，在某個瞬間伸手輕輕碰觸我的臉頰。

——好冰。

我的腦袋一片空白。

對啊，她已經死了啊。

閃過這個念頭的瞬間，我將她推開。

看著勉強在倒地前用手撐住地面的ＳＡＫＩ，我被自己的作為嚇得目瞪口呆。用力吸一口氣後，ＳＡＫＩ的手離開地面，看著自己的掌心……鮮紅的血液慢慢滲出。

我呆呆地站著，ＳＡＫＩ在我腳邊低頭開口：

「你以為幽靈不會受傷嗎？」

我無法推測她的話中之意。

想說「不是這樣」，但我喊不出聲。

在我全身動彈不得時，ＳＡＫＩ突然抬頭。

她看著我微微一笑，開口：

「正如你所想。」

——眼睛睜開時，我一瞬間搞不清楚自己在哪。

夢境殘影還留在我的視網膜上，我用力眨眼數次，殘影才逐漸消失。我正仰躺在熟悉的家裡客廳地板上。

——好奇怪的夢。

心臟還劇烈地跳個不停。

既非白天也非黑夜的霞色天空響起烏鴉叫聲。

一看時鐘，時間已是傍晚六點半。

我呆呆看著時鐘一段時間，突然發現距離我和ＳＡＫＩ約好的時間已經過了兩個半小時以上，我彈跳起身。

猛力踩踏自行車衝刺，再怎樣也讓她等太久了。如果ＳＡＫＩ還在等我，那我就得要盡早抵達橋邊。

急忙前往石橋的同時，我也想像她等得不耐煩而離去的身影。讓她等了那麼久，極有可能發生這種事。橋邊空無一人的想像讓我沮喪，同時也讓我安心。只要ＳＡＫＩ消失，從明天開始我就能過著一如往年的暑假。一如往年，沒有任何預定行程的暑假。

出了住宅區在田間小路前進時，遠遠就可看見她孤單一人，手扶著欄杆站在橋上。和上次、上上次相同，直到我抵達橋邊她都不曾看這邊一眼，當我在橋邊停下自行車後，她才終於轉過頭來。今天也一樣。

我好不容易騎到橋邊。

「對不起，我睡過頭了。」

我出聲後ＳＡＫＩ才轉過頭來，用不在乎的表情笑著說「早安」，我把自行車停在橋邊急忙跑到她身邊。

「……對不起，我來遲了。」

「不會，謝謝你來。」

ＳＡＫＩ的手放在欄杆上輕鬆說道，當我調整完氣息時，她才慢慢開口：

「——傍晚的河川真美。」

「什麼？」

一瞬間我搞不清楚她在說什麼。

徐風吹拂。ＳＡＫＩ把差點被風擄走的頭髮往耳後勾，一臉慈愛地看著勉強留著些許紅的天空與河川看。

「大概是因為河川倒映天空吧，顏色看起來比平地更鮮豔幾倍。」

接著朝我開心一笑，又眼睛閃閃發亮重新看河川。過了一會兒，我才發現這是她的貼心，希望我不會對自己的遲到自責。

我拿袖子擦去臉頰的汗水，站在手扶欄杆的她身邊。

ＳＡＫＩ只是看了我一眼，什麼也沒說。我們兩人就這樣看著太陽帶著光線與色彩漸漸

沉下。邊看著夕陽，我不禁想，這麼沉著的女孩為什麼會變成幽靈呢？

流水聲和蟲鳴也彷彿溶於水中般，往淡紫色的天空慢慢擴散。剛睡醒時還相當鮮明的夢境也在不知何時風化，遠離我的意識。當最後一點太陽完全被山頂遮蔽時，SAKI轉頭看我。

「春人同學，難得你都來了，但時間差不多了……」

時間已經比上次道別時更接近夜晚。

「嗯，那我該回去了。」

我走回自行車旁。

SAKI跟著我走到橋邊後停下腳步。

「天色暗了，路上要小心喔。」

「謝謝妳。」

我踢開自行車腳架，轉過頭看SAKI。

「下一次約明天可以嗎？」

「嗯。」

「要約幾點？」

「我幾點都可以，配合你。」

「那個啊……」

「？」

「妳該不會不知道時間之類的吧？」

現在才說這件事也有點怪，ＳＡＫＩ身上除了制服外，只有鞋子和傘，感覺她似乎沒有得知時間的手段。看她每次都在橋上等我，如果不相當接近就不會看我，今天一直等我也讓我很在意。

「別擔心，我大概知道。」

「是嗎？」

真的沒有問題嗎？

「嗯。」

她相當明確地點頭。

「這樣啊，那明天早上九點可以嗎？」

「嗯，那就約九點。」

我跨上自行車，踩好踏板。

「今天讓妳等那麼久真的很對不起，我明天不會遲到。」

ＳＡＫＩ邊笑邊搖頭，我確認之後揮揮手。

「掰啦。」

SAKI也朝我揮手：

「嗯，掰掰。」

◆

——春人。

明亮的黑暗中傳來聲音。

——春人。

我微微睜開眼，母親站在我的房門口。

「春人，起床了。」

「嗯……」

我抱著毛巾被翻了個身。

「就算放假也不能睡個沒日沒夜，快點起床。」

母親說完後走下一樓，我過了一會兒才起床換掉睡衣，戴上藍色閃閃發亮的手錶，邊揉眼睛邊走下樓。母親站在廚房打開爐火重新加熱味噌湯。

「早安。」

「早安。」

我拿起自己的飯碗盛飯，走到餐桌旁就坐。

客廳不見父親的身影。

「爸爸呢？」

我朝盛味噌湯的母親背影問，母親轉過頭回答：

「已經出門了，說今天一大早有工作。」

「是喔。」

「來，請用。」

裝有味噌湯的湯碗擺上桌。

「我開動了。」

喝下溫熱的味噌湯，讓我不清醒的大腦稍微活過來了。

「第一個暑假感覺怎樣啊？」

「嗯～～」

我歪頭，沒什麼感覺，而且好睏。

吃下放入大量濃稠起司的日式煎蛋捲後，我也越來越清醒，吃飯速度也跟著加快。

「吃慢一點，細嚼慢嚥。」

「五和阿錯阿們約好要去玩。」

「你說什麼？」

我把口中的食物吞下肚。

「我和阿佐他們約好要去玩。」

「今天要去哪裡玩？」

「學校。」

我簡短回答，把飯全扒進嘴裡後放下筷子，說完「我吃飽了！」衝出家門。

抵達學校操場時，阿佐、阿秀和阿山，平時一起玩的三人組早在等我。

「喲！」

「什麼『喲』啦，阿春，你超慢的耶。」

接著四人在飲水檯做了大量水球，在地面畫線，分成兩組，從彼此的陣地朝對方砸水球。全力四處奔跑，所有人全身濕透且沾上泥濘時，我們跑到飲水檯旁。

「我第一個！」

運動神經超凡的阿秀第一個抵達，立刻轉開水龍頭大口大口喝水。

「第二名！」

我接在阿秀之後抵達，之後阿佐在沙地上「唰」地橫向滑動到達，我和阿佐邊說「熱死了」邊粗暴地拉動領口，阿山慢了一步才跑過來。阿秀邊用袖子擦嘴，把位置讓給阿山。

水龍頭在陽光照射下閃閃發亮。

我湊上前，喝下從水龍頭滿溢而出的水，大口大口盡情喝下帶有鐵鏽味的水。阿佐和我交換位置，他把嘴巴貼在水龍頭上專注喝水，最後淋了滿頭水後，像隻小狗一樣搖頭甩水。最後是阿山。當我們以為阿山也喝完水轉過頭去時，他不懷好意一笑，接著瘋狂地轉動水龍頭。

「喔喔喔喔喔！」

帶著白色泡泡的水衝上兩、三公尺的高空，水柱在藍天下彷彿透明的龍閃閃扭動。

「哇塞！」

我們著迷地看著這幅光景一段時間。

「然後咧，這該怎麼辦啦……」阿佐像這才回過神地說。

「不干我的事～～」

阿秀看著往上噴的水柱以及地面濺起的泥水，半傻眼半看戲地說。在他身旁的我盯著扭轉的水柱，就像尋找要加入跳繩隊伍時機般，窺探著突擊的時間。

——就是現在！

我一口氣朝水龍頭衝過去，背後傳來阿秀「那傢伙跑過去了耶」的聲音，落下的冷水打在我背上，冰冷得讓我心臟一緊。鞋子和襪子被水淋得立刻濕透，但我不在乎，全力關上水龍頭。

「嗚喔喔喔喔喔喔喔！」

水柱越變越低。

「阿春，幹得好！」

阿佐在背後大喊。

我轉過頭。

「怎麼了？」

阿佐疑惑地歪頭。

我手掌用力壓在水流未止的水龍頭上，掌心一瞬間輸給水壓往上浮動，水「咻！」地劃出半圓，斜向劃濕我的襯衫後，朝阿佐噴過去。

「接招吧！」

「嗚喔！」

正中目標！

我立刻放開手逃離現場。

「阿春你這個混帳！」

全身濕透的阿佐追上來。

我全力奔跑。

水花閃閃發亮。

我邊跑邊想「這就是夏天啊」，今天、明天、後天也是夏天。每天都是放假，有好多時間可以玩。從身體深處湧出喜悅，以此喜悅為動力，我用盡全力四處奔跑。

小學一年級的我，有了可以在夏日無盡奔跑的感覺。

◆

鬧鐘響起。

「叮」，我停下鬧鈴。

藍色窗簾在朝陽照射下微微發亮，房裡昏暗。我仰躺蓋著毛巾被盯著天花板看，貼在肌膚上的毛巾被觸感、自己的呼吸以及在胸口緩緩跳動的心臟讓我感到異常真實，過去的兒時夏日回憶殘影也逐漸消失。

離開被窩走到窗邊，唰地一聲拉開窗簾。蓬鬆的積雨雲掛在天空，又遠又近的樹木綠意迎風搖擺，我淡然想著「是夏天呢」。

我將手放在冰冷的窗框上，聽著秒針的聲音旁觀了夏日一段時間。這幾年，暑假沒和任何人訂下遊玩的約定，只是獨自從窗戶或紗窗內側眺望夏天。接下來要在夏日中，而且還是要為了去見一個幽靈出門，讓我有種不可思議的感覺。

踩踏自行車。

青綠農田的清爽氣息舒適地在田間小路上吹拂，稻苗間隱約現身的水面反射著夏日陽光而閃閃發亮。看見那座橋時，ＳＡＫＩ一如往常地靠在欄杆上望著遠方，我抵達橋邊後她才會轉過來看我。

「早安。」

「早安。」

「傘給我。」

「麻煩你了。」

「ＳＡＫＩ。」

「嗯？」

我伸手接傘時不經意地開口問：

「現在幾點？」

「九……」

ＳＡＫＩ在要說出九點前停止動作。

她似乎發現我為什麼這麼問了，如果我照約定九點抵達，就不可能問她現在幾點。而ＳＡＫＩ不敢回答，也是她不知道時間的最好證明。

我從僵硬的ＳＡＫＩ手中接過傘，接著從口袋中拿出藍色的塑膠手錶放在她白皙的掌心上。錶面在掌心上反射陽光而閃閃發亮，手錶的指針指著八點零三分。夏日白天長，很難察覺過了多久時間。我猜測她為了不要因為大概的感覺而遲到，可能很早就到這邊等，果然不出我所料。

「不介意就戴上吧。」

那是我昨晚靠著久遠回憶從抽屜深處找出來的玩具手錶，我小時候很愛戴的一個。還以為可能早就壞掉了，死馬當活馬醫地裝進電池後，手錶彷彿從長眠中醒來般又開始走動。

ＳＡＫＩ眼中浮現出不知所措，我有點慌張。

「這很舊了，也是騙小孩的玩具，但有總比沒有好吧。」

我想著只要能知道時間什麼都好所以才拿過來的，但似乎是失敗了。

「不是那樣……」

「？」

ＳＡＫＩ躊躇後抬起頭，擠出乾澀的聲音。

「你老是給我東西，我卻無從回報。」

我嚇了一跳。

原本想說出「別在意那種事」，但總是沉著成熟的ＳＡＫＩ現在露出孩子般的表情，讓我打消念頭。即使對我來說只是小事，對她來說或許是相當重要的事情。

「——不回報也沒有關係，比起那個，妳先戴上看看。」

我故作輕鬆地催促她戴上錶，ＳＡＫＩ認真點頭後，彷彿對待相當尊貴物品般慎重地戴上錶，戴好後直盯著錶面看。被她認真的表情影響，我也跟著看錶面。

長針「答」地動了一下。

ＳＡＫＩ抬起頭。

「春人同學，好厲害喔。」

我心想她在說什麼，她眼睛閃閃發亮說：

「時間在動耶！」

這過於率直的感想，讓我差點噴笑。

「嗯，畢竟是手錶嘛。」

ＳＡＫＩ感慨萬千地用力點頭，轉過頭來看我。

「謝謝你。」

看見她的笑容，ＳＡＫＩ因為這點小事感謝、感動的感性讓我有點羨慕，同時也產生些許疑問。

——她到底是過著怎樣的生活啊？

◆

「春人同學小時候是怎樣的小孩啊？」

夏日的河畔，光線隨著水波晃動。

水面反射光芒，刺眼地強烈閃耀，緩緩地淡淡閃動，兩人並肩走在光線的馬賽克中，我們常常說起過去的事情。

送她手錶的下一次見面起，ＳＡＫＩ開始負責掌控時間。

我也沒特別的行程，每天見面也無所謂，但ＳＡＫＩ堅持「感覺每天都和幽靈見面對你來說不是好事」，所以我們隔一天的九點在石橋上會合後沿著河邊散步，經過三十分鐘後就在ＳＡＫＩ的提醒下折返。幾次見面後，這已經變成我們的固定行程了。

我邊回憶邊說：

「很喜歡在外面玩吧，常常和兒時玩伴在外面玩。」

「玩什麼？」

「什麼都玩耶……探險遊戲或是抓蟲……啊，但最常玩的應該還是找寶物吧。」

漂亮的玻璃碎片、光滑的石頭、羽毛等等的，到處蒐集這些垃圾收進零食空盒裡，然後很珍惜地收藏著呢。

我說著這些微不足道的事情。

「這類事情真不錯呢，我喜歡聽你說這些。」

但ＳＡＫＩ看起來卻相當開心。

「妳覺得妳都做些什麼？」

「不知道，但可能畫畫或是讀繪本吧……」

「室內派啊。」

「嗯，也或許是因為現在都在戶外，所以對室內的遊戲有所憧憬吧。」

「如果妳有兒時玩伴，妳覺得妳會玩什麼？」

「嗯……」

就像這樣，我說自己的回憶，沒有記憶的ＳＡＫＩ說著「如果」的話題，一點一滴累積，我們就這樣尋找ＳＡＫＩ回憶的線索。

我們就這樣邊閒聊邊在河邊漫步。

「啊。」ＳＡＫＩ小聲一喊，突然遠離道路。

「ＳＡＫＩ？」

她腳步輕快地朝雜草叢生、沒有道路的路旁走去，站在一棵樹前，雙手輕輕撫摸樹幹，接著急急忙忙地跑回來，雙手像是輕柔包覆著什麼東西地站在我面前。

「春人同學，手伸出來。」

我照她說的伸出手，她的手如花苞盛開般慢慢張開。

有什麼輕盈的東西落在我的手上……是蟬殼。我抬起頭，ＳＡＫＩ露出惡作劇般的微笑。

「如果你會抓蟲，應該也會撿蟬殼之類的吧？」

「是啊。」

和ＳＡＫＩ一起散步後我發現一件事。

她非常擅長從尋常的風景中發現美好事物。奇怪形狀的雲朵、從雲間傾瀉的光帶，凜然站在河川上游的白鷺鷥、靜靜築在刺槐樹上的鳥巢、水中如閃光般游走的藍色魚影、一臉輕鬆上下拍動黑色翅膀的鐵漿蜻蛉……ＳＡＫＩ只要發現這些小事，就會開心地喊著「春人同學，你看」告訴我。

——還真久沒見過蟬殼了。

我不禁仔細地盯著看，然後輕輕握住。理所當然，空殼空盪盪，很輕卻很堅硬，腳的部分刺刺的會勾住肌膚。而且有種相當懷念的感覺。

我完整地確認其觸感後，把它收進口袋裡。

八月上旬的某一天。

「聽說明天有流星雨。」

一如往常在河邊散步時，我盡可能輕鬆地提及這件事。

「流星雨？」

「對，今天早上電視新聞有流星雨特輯，英仙座流星雨，新月加上天氣晴朗，聽說很容易觀測。」

我邊說邊看ＳＡＫＩ的反應，我知道ＳＡＫＩ正在腦海中描繪出流星雨的模樣，因為她的眼睛閃閃發亮的。

「你喜歡星星嗎？」

「啊～～或許是這樣沒錯。」

我含糊地回答。

「那你明天要看啊？」

「嗯，是啊。」

「真好，流星雨剛好碰上新月很難得耶，希望你可以看到很多流星。」

「——那個……」

我搔搔頭。

「……妳要不要，一起看？」

「？」

她一瞬間露出不可思議的表情。

「啊，對不起。」

我慌慌張張說，啊，對啊。

「妳說妳晚上會消失對吧，對不起，我忘了。」

早上看見新聞時我反射地想，感覺ＳＡＫＩ會喜歡這個耶，想要讓她看流星雨。但是我為什麼會忘記她晚上會消失這件事情呢？不知道為什麼，從早上起完全沒想起這件事。

ＳＡＫＩ慌張地搖頭。

「不是，不是那樣啦。」

「嗯，妳別在意。」

我也慌張地不明就裡點點頭。

「不是那個意思啦，那個……」

「……？」

「我想看，流星雨……可以一起看嗎？」

ＳＡＫＩ堅定地說。

「但是……」

妳晚上不是會消失嗎？說出口前我閉上嘴。透明的水流閃閃發亮地在ＳＡＫＩ身後淙淙流動，因為這樣，她的輪廓看起來比平常更清晰。

涼風吹來，腳邊的花草隨風搖曳。

「……想看嗎？」我再次開口問。

「嗯，我想看。」ＳＡＫＩ直直看著我的眼睛點頭。

隔天是一如氣象預報所說的晴天。

上午，我從壁櫥裡拿出背包，為了即將到來的夜晚準備裝備。

看流星雨需要什麼啊？長時間仰頭看天空脖子會累，所以需要可以躺著看的塑膠布，其他還需要什麼啊？「當時」準備了什麼啊？

腦袋一時空白，下一個瞬間，如同挖到地下水脈般，以前的記憶泉湧而出，我停下手不知所措。

不知為什麼——是為什麼呢？我完全忘了那件事。

小學三年級的暑假，我曾經看過流星雨。

◆

想要和大家一起看流星雨——開口提議的人是母親。

每月第三個週六慣例的烤肉會，配合流星雨到來而提前一週舉辦，那天茂爺爺和關谷出現在我家。

用烤肉和夏季蔬菜填飽肚子後，我和關谷兩人赤腳跑到夜晚的緣廊邊抬頭看天空。關谷晃動雙腳朝客廳大喊：

「噯，流星還沒來嗎？」

大人們在紗窗那側笑著說：

「九點左右開始啦。」

「現在幾點？」

「七點五十分。」

這個對話不知重複了幾次。我們比賽誰先看見流星，可能會有沉不住氣，早大家一步劃過天空的流星，我們兩人也早大家一步抬頭看夜空。

夏日庭院的藍色黑暗。

蚊香的細細白煙。

牽牛花纏繞在盆栽支柱上的細細藤蔓。

夏日夜空給人無比廣闊的感覺。天空安靜地彷彿絲毫不覺流星群正在接近，一想到接下來會有很多星星劃過這片天空，就令人感到不可思議。

夏蟲在不知哪裡的樹叢中鳴叫。

「西瓜差不多冰涼了吧。」

母親在客廳裡如此說完站起身，我和關谷互看一眼同時起身，競爭般乒乒乓乓往廚房跑。

茂爺爺悉心照料的小西瓜就浮在裝有冰水的臉盆中。

母親取出西瓜，拿毛巾擦乾後用手指輕彈，內容飽滿的「叩、叩」清脆響聲。我和關谷踮腳從母親的左右兩側看西瓜。

母親苦笑。

「很危險，你們退後一點。」

確認我們退後之後，母親爽快地一刀切下將西瓜分成兩半，看見寶石般紅色閃耀的潤澤切面的我們響起歡聲。大家一起在客廳裡品嘗裝滿整個盤子的西瓜。西瓜雖小，但皮薄肉甜。我和關谷興奮地連聲喊好吃。

「那真是太好了。」

茂爺爺滿足地笑了，看到他笑我也更加開心。

我喜歡茂爺爺。如美麗和紙般帶有皺褶的滑順肌膚，圓潤有福氣的耳朵。漂亮清澈的淡色眼珠總是充滿笑意，只要待在茂爺爺身邊，就像浸泡在溫柔的熱水中，胸口也跟著暖起來。我在心裡偷偷憧憬著，希望自己將來也能成為這樣的老爺爺。

吃完西瓜後——

「春人，過來一下。」

父親起身打開客廳內側的拉門，我跟在他後面走，父親邊從壁櫥拿出坐墊邊對我說：

「拿去緣廊邊擺好。」

我一口氣抓起三個帶有些微樟腦氣味的坐墊，抬起頭，看見不知何時跟來的關谷躲在拉門後面偷看我們。我做出要抛出坐墊的姿勢後，關谷立刻蹲低張開雙手擺好架式。

「看招。」

我用力把坐墊丟出去，坐墊如手裏劍般邊旋轉邊飛出去，關谷雙手一拍空手奪白刃，接得好！

「再來一個！」

我開心地想要再拿起一個坐墊來丟時，坐墊被什麼卡住一動也不動。轉頭一看，只見父親的大手壓在坐墊山上。

「別用丟的，用搬的，會揚灰塵。」

父親語氣平淡，卻讓我有被嚴厲斥責的感覺，興奮的情緒也瞬間萎靡。父親丟下呆站在原地的我，迅速搬了五、六個坐墊走。關谷也有自己被罵的感覺，消沉地跑到坐墊山旁抓起兩、三個坐墊後，小跑步跟在父親身後。

我也知道會揚灰塵，也知道這很沒規矩，但是，只是稍微胡鬧一下而已啊。我有種不甘心的感覺，所以故意慢慢搬，交給在緣廊鋪坐墊的父親。

等到坐墊鋪滿緣廊後，父親轉過頭來看我們：

「好，鋪得很整齊呢，謝謝你們兩個。」

軟呼呼的緣廊，非日常的光景。即使如此，我的心情一點也不雀躍。

流星雨開始前，我都待在客廳角落鬧彆扭。關谷好幾次來找我去緣廊，我都搖搖頭。大概是自己一個人待在夜晚的緣廊很恐怖吧，我不斷拒絕之下，關谷也只好放棄，在我身邊坐下。

晚上八點五十分。

「時間差不多了吧。」

茂爺爺說完後，關谷往緣廊跑去，我也慢吞吞地跟在後面。茂爺爺喊著「嘿咻」盤坐，父親也靠在梁柱旁盤坐。

「我要關燈了喔，可以嗎？」母親問。

「好～～」

我和關谷邊回應邊並排在坐墊上仰躺，用力放鬆手腳。

世界反轉。

母親關掉走廊的燈。

周遭瞬間變暗。

薄暮中閃過一絲緊張感。

……接下來有什麼美好的事物即將開始。

在安靜的緊張夜空下，我屏息以待開始的預感，彷彿連庭院裡的草木也跟著我屏息。我完全忘記自己正在鬧彆扭，睜大眼睛看著夜空，不想放過劃過天際的星星。

接著——

「開始了。」

父親突然開口。

「什麼，騙人！」

「哪裡？」

「那裡！」

父親手指的方向當然已經不見流星。被父親搶先了，但很奇妙，我一點也不會不甘心。老實覺得對手是父親，輸了也是沒有辦法。

一分鐘……兩分鐘……我們屏息持續看著天空。

接著「咻」，一道閃光劃過天際後消失。

「啊啊啊啊啊！」

我和關谷同時指著那一點，接著互看彼此。

「平手耶。」

說完後一起笑。

接下來，流星零散地劃過天際。

一開始的數十分鐘，我和關谷還對每顆流星發出歡聲。但過一小時後完全沉默了。

流星出現前，夜空會出現些微徵兆。

小小的光芒一瞬間在黑暗中晃動般出現，接著一下子就劃過天際消失。我覺得那副模樣和什麼相似，是什麼呢……思考之後想到了，那和水很像。點點滴滴在玻璃杯中累積的水，突破表面張力極限後，柔柔跨越杯緣的第一道水痕。

夜越深，氣溫也變得更低，流星的數量也跟著增加。

突然，聞到淡淡的香甜氣味。

不知何時離席的母親端來飲料。母親把溫熱的馬克杯遞給每個人，我和關谷坐起身喝著冒出熱氣的玉米濃湯。口中慢慢擴散開來的溫暖甜蜜讓我不禁嘆息。

——我現在正喝著世界上最美味的飲料。

把幸福融化喝下肯定就是這種味道吧，我這麼想著。

「真不可思議。」母親雙手拿著冒白煙的馬克杯喃喃低語。

「過去和爸爸一起看的流星雨，現在五個人一起看呢。」

我看著母親，被她的側臉嚇一大跳。母親很美。不知為何，那一瞬間的她看起來像個陌生的女人。

「妳和叔叔還是男女朋友的時候嗎？」關谷小聲問。

「對啊。」

母親露出溫和的笑容，父親沉默地看著天空。當時我覺得，他們兩人之間飄散著無盡溫柔的氛圍，接著柔柔地融化在黑夜中消失。

我慌張地從兩人身上別開眼。

從我出生起，母親就是母親，父親就是父親，但似乎並非這麼一回事。母親有母親的，父親也有父親的故事，原本獨自成立的故事慢慢地相互交疊，他們兩人現在才會在這裡。我強烈感受到這點。不知為何，一直到那時我才發現那麼理所當然的事情。

我再喝一口飄散熱氣的玉米濃湯，邊喝又邊偷偷看了兩人。

——我將來也會遇見那麼喜歡的人嗎？

那個人現在，在哪裡過著怎樣的生活呢？與那人相遇的我，也會在遙遠將來的夜晚，像這樣喝著暖呼呼的飲料，一起看流星雨嗎？……真希望可以如此。

就在我獨自偷偷向星星許願時，闞谷開口說：

「明年也大家一起看吧。」

「明年稍微去遠一點的地方吧，在暗一點的地方會更漂亮喔。」

母親說道。

「海邊不錯呢。」

父親說道。

「也放個煙火吧。」

茂爺爺說。

「我還想要打西瓜！」我接著說。

「好耶！」茂爺爺彎著眼角笑。

拿著微微冒白煙的馬克杯，我們說著明年的事情。在這舒心的氣氛中，我再次看著父親、母親、關谷和茂爺爺。我覺得我好喜歡他們。

喝完幸福的液體後，我們再次抬頭看夜空。

流星整晚沒停過。

當我發現時，關谷變得好安靜，轉頭一看，她已經完全熟睡了。被她影響，我的身體也沉重起來。溫暖的睡意慢慢擴散到指尖，夜空的星星開始變模糊。越變越狹窄的視野最後看見模糊夜空劃過一道流星，我閉上眼睛。

接著——

「睡著了啊。」遙遠意識的某處，我聽見茂爺爺打趣的輕語。

「嘿咻。」

感覺父親起身把關谷抱走，過了一會兒，我也被抱起來。

「這傢伙還真重。」

我在父親懷中裝睡，靠著氣息知道我被放在關谷身旁。父親替我蓋上毛巾被時，不知為何我只想讓父親知道我還醒著。

微微睜開眼，父親立刻發現了。

父親微微一笑，輕輕摸我的額頭後走出房間。

我心滿意足地在柔軟的床鋪上閉上眼。

那是五個人第一次一起看流星雨，也是最後一次。

◆

「鏗」，在自家門口踢開自行車腳架，時至此時我才發現，今天是第一次和SAKI共度夜晚。

晚上七點的橋上。

「妳好。」

「你好。」

SAKI如被雨淋濕的草木一般，淋了一身剛出現的夜色。朦朧白皙的她，手臂上一如往常掛著傘，我也一如往常地接過傘插在自行車上。

「要在哪邊看？」

「盡量昏暗的地方比較好。」

我們兩人走過晚上的橋，沿著河邊走一段路後，在堤防鋪上塑膠布。我讓ＳＡＫＩ先躺下後才在她身邊仰躺。瞬間刺中背部的劇痛讓我忍不住彈跳起身。

「怎麼了？」

ＳＡＫＩ也坐起身。

「有石頭。」

石頭從塑膠布下刺到肉超痛，我捲起塑膠布，邊把下面的石頭丟到一旁邊問：

「ＳＡＫＩ那邊還好嗎？」

她一瞬間露出不可思議的表情，但立刻笑著回：「嗯，還好。」

「妳躺這邊。」我盡可能把小石頭清空後讓出位置。

ＳＡＫＩ說著：「不用。」有點躊躇。

「別客氣，妳躺這邊。」

我強勢地說完後，ＳＡＫＩ相當不好意思地在塑膠布上坐下。我也交換位置在ＳＡＫＩ身邊躺下來，但又立刻起身。

ＳＡＫＩ看著我，我也看著ＳＡＫＩ。

我唰地掀起塑膠布，拿出下面的小石頭後再次躺下。ＳＡＫＩ晚了一步也在我旁邊仰躺。

我們無言並躺著看天空，接著不知該說什麼。

未曾看過的無數星星就在夜空中閃爍，側耳傾聽，彷彿還能聽見水聲與樹葉摩擦聲中混雜著星星在空中眨眼的聲音。緊盯著夜空讓人喪失遠近感，陷入下一秒身體就會被吸入夜空中的錯覺。

稍微沉默後，ＳＡＫＩ開口：「——星星，好美喔。」

「嗯。」

「真不可思議。」

「什麼？」

我的心臟漏跳一拍，看著她。

細膩的玻璃藝品蒐集星光後做出的細緻陰影落在ＳＡＫＩ的肌膚上，她閃閃發亮的漆黑眼珠看著星空。

「可以和春人同學這樣一起看星星，有種不可思議的感覺。」

我不知道該回什麼。

潺潺水聲在腳邊響起。

──從家裡騎到這只要二十分鐘，明明僅僅這點距離，卻讓我有種到了很遠的地方的感覺。

正在我想「得回些什麼」之時……

「啊，流星。」

第一顆流星劃過，SAKI指著流星消失的方向。轉移話題有種救了我一命的感覺。

「嗯，流星。」

「好漂亮喔。」

她直直看著天空低語，我光是回一句「是啊」就用盡全力，不知為何找不出該說什麼。

接著，以夏日的巨大夜空為舞台，正如期待，不，是超乎期待的天文秀正在上演。星星一顆接一顆地從夜空落下，被宇宙的黑暗吸收。此時此刻，我們正處於我昨天早晨期望的未來當中。儘管如此，我的心情卻一點也不雀躍。

晚上的河岸比預期更冷。

河川的冰冷精氣連身體的中心也冰透，堅硬地面的濕冷一點一滴奪走身體的熱度。我側眼看SAKI，心想她不會冷嗎？她色彩淡薄的肌膚看起來很冷，但她淡然地看著星星。

「看到剛剛那個了嗎？超大的耶。」

「好漂亮，一次來兩個耶。」

偶爾，ＳＡＫＩ漂亮清澈的聲音融入夜色中。她每說一句話，我都很努力才能應和。

黑夜漫長。

隨著夜色越深，星星也越加閃耀，流星恐怖地不停落下，沒留下餘韻地消失無蹤。那是相當美麗也相當恐怖的光景。

比起星星，我更在意寒冷。

包包裡有裝滿熱水的水壺、兩組紙杯和玉米濃湯粉，我隨時都可以泡出那個濃稠的幸福液體，現在也正需要它。但不知為何，我完全不想要打開背包。

我好幾次、好幾次偷看ＳＡＫＩ手腕上的玩具手錶。就這樣滿腦子想著「什麼時候要回家」，我們到目前為止一直遵守著一小時規則，但今天沒有限制。今晚到底會持續到什麼時候呢？

氣溫越變越低、越變越低，夜也越深。

不知何時開始，星星化作天空暴徒。每顆星星醒目地釋放出暴力的絢爛光芒，流星穿過閃爍的星星縫隙，縱橫無盡地飛越燃燒。靜靜地在寒冷徹骨的夜空中不停重複的壯闊光景，讓我詭異地嚴肅起來。

發現時，ＳＡＫＩ也不再說出任何一句話。

最後，彷彿突破界線一般，夜空開始淡淡地轉白。

天色開始變亮後，夜空便以驚人速度轉為清明透徹，星星混雜其中也看不見了。

接著，早晨來臨。

沾濕朝露的草木在朝陽照射下閃閃發亮之時，我開口喊她的名字。

「ＳＡＫＩ。」

大概因為長時間沉默，我的聲音沙啞。不，或許是因為寒冷。氣溫還持續下降中吧，相當寒冷。

「什麼？」

我看著天空問：

「——妳平常消失的時候，會痛嗎？」

連我自己也搞不清楚為什麼現在問出這句話。

「不會痛喔。」

我單手撐住身體，坐起僵硬的上半身，低頭看著染上朝陽色彩的ＳＡＫＩ。

「那麼，妳消失的那瞬間，可以讓我看嗎？」我說。

「……你想看？」

她仰躺著對我軟軟一笑。

我靜靜點頭，她俐落地撐起上半身說：

「可以啊。但是可以換個地方嗎？」

藍色冰冷的夏日早晨。

被朝露沾濕的草叢中，剛醒來的蟲子們呼朋引伴，我們就漫步在蟲鳴聲中。每走一步，河川的精氣密度也更高，她的存在相對變得淡薄，感覺變成很不確實的東西。

ＳＡＫＩ突然轉過頭對我說：

「你今天早餐要吃什麼？」

我的腦袋一瞬間空白。

「……荷包蛋吧。」

從接下來就要在我面前消失的幽靈口中聽到「早餐」這名詞很沒有真實感。但仔細想想現在的狀態，現在ＳＡＫＩ在我面前的現實更加不真實。現實與非現實的界線在哪呢？我騎在從家裡延續到這裡的地面來到這，這個場所應該確實與我的日常相連結。

「荷包蛋誰煎啊？」

「是我。」

ＳＡＫＩ知道我的母親已經過世的事情。

「春人同學煎嗎？」

「嗯。」

「真了不起。」

「沒什麼了不起。」

「才沒有，很了不起，可沒那麼多高中男生會自己做菜耶。」

「是這樣嗎？」

我含糊地回答。

「嗯，很了不起呢。」

或許她是想要緩和氣氛吧。但這女孩，SAKI待會兒就要消失了，腦袋滿是這件事情的我完全沒有餘力繼續對話。我沒繼續回答後，她也沉默了。

走在前頭的SAKI背上反射光線看起來一片白，在道路扭曲之時，她突然緩下腳步停止，我也跟著停止。

SAKI轉過頭來面對我。

滑順的黑髮，落在她腳邊的藍色影子。睫毛、臉頰、鼻子、嘴唇、制服的皺褶、纖瘦的肩膀，妝點她的光線與貼在每個細微凹凸上的影子，在我被那壓倒性的複雜精巧震撼時，她靜靜地開口：

「在這邊可以嗎？」

「嗯。」

夏草隨風搖曳，沙沙地騷動。

——我現在到底是怎樣的表情呢？看著我，她的表情變得柔軟。

「春人同學。」

「什麼？」

「如果覺得恐怖，你逃走也沒關係。」

在我回答前，她彷彿要掬起朝陽，右手輕輕朝空中舉起。

手掌在光線照射下閃耀白光。

一瞬間的靜止。

接著，輪廓像融化一般，她的指尖唰地慢慢流逝。

如同乾冰昇華般，從她身上融出的細小粒子邊將朝陽分解成虹彩，邊閃閃發亮地在空氣中擴散。指尖、手掌、手腕、手肘——

「有點像幽靈對吧？」就在我呆然以對時，她開口對我說。

「是非常像幽靈。」

我好不容易回應後，她笑著說「是吧」。我也努力想露出笑容，但無法好好辦到。她看著消失的手腕說：

「每次這樣做，我都期待著這次或許能真正消失。」

她揮發四散的手肘、手腕、手掌、指尖像倒帶般回到她身上。

一點一滴，直到最後的粒子也收回到她身上。

「但是啊，沒辦法消失。」她說。

彷彿表示「這就結束了」，恢復原狀的右手往左手「碰」地握掌，做著這毫無深意的動作仰望天空。

我也跟著她看天空。

那裡什麼也沒有，只有飄著薄薄雲朵的天空。慢慢低下頭後和她對上視線，她溫柔一笑。與其說在笑，更該說是在對我展示笑容的笑法。

「那個……」我腦袋還沒整理就先開口。

「哪個？」

她溫柔回問，我勉強繼續說下去。

「——剛剛那個，是怎麼回事？」

「我也不知道。」

「妳沒辦法全身都變那樣嗎？」

「可以喔，我每天都在試。」

「每天？」

「嗯，每天晚上，因為我會讓自己在晚上消失。」

是啊，她之前不是曾經說過嗎？我感覺自己的太陽穴正在冒汗。

「全身分散是怎樣的感覺？」

「或許和睡著時的感覺很像吧。」

她瞇起眼睛回想當時的感覺。

「我也不知道自己四散時在哪裡，但當我發現時就恢復原狀了。然後，回到原本的身體時就會想起來。空氣、泥土、水之類的，我想要熟悉這些東西的這件事，然後發現我辦不到。」

她的語氣從剛剛開始就過度平淡，所以我直覺自己得說些什麼才行，但一句話也說不出來。

不自然的空白後，ＳＡＫＩ慢慢地繼續說。

「——該怎麼說才能讓你理解呢？雨水落在大海後，雨滴就會變成大海的一部分對吧，因為它們都是水。但我的狀況就像是雨滴維持雨滴的狀態在大海中徬徨，然後發現時又變回雲朵的感覺。」

不知為何，我的腦海中想像出落入大海的無數雨滴以海面為界線，如同透明的櫻花花瓣般在海中漂浮的影像。那個影像因為她突然說了「那麼，我們回去吧」而消失無蹤。

我回過神時，她已經回頭走在來時路上了。

「等等。」

我直覺不可以現在就這樣分別，雖然不清楚為什麼不可以，但這樣下去就糟了。

她回頭。

我不知該說什麼——ＳＡＫＩ的表情沒有色彩，她彷彿一個陌生人。

接著她突然一笑。

「春人同學，你別太勉強自己。」

「我沒有勉強自己。」

我不知為何認真了起來。

「但是啊，你的臉色從剛剛開始就很糟耶。」

她這麼一說，我的視線突然扭曲。低頭一看，腳下是布滿裂痕的尋常柏油路——發現自己站在上面的雙腳、膝蓋稍微發抖，我的思緒因而停止。

她繼續：「還好嗎？今天先回家吧？慢慢走沒關係喔。」

我們距離橋沒有太遠，比預期還快回到橋邊。我鬆了一口氣，也對鬆了一口氣感到不明的罪惡感。

蹲下身要把鑰匙插進自行車車鎖時，視線一度扭曲，我不禁抓住自行車車架，體溫瞬間降低，全身開始冒冷汗。

「……這個。」

我抽出雨傘塞給ＳＡＫＩ。

「——我送你回去吧？」

她拿著傘，有點客氣地問我。

「謝謝妳，但我沒問題，可以自己回家。」

我邊說邊跨坐上自行車。

「這樣啊，嗯，那……路上小心。」

她微微一笑。

在她身後流動的河水，閃閃發亮的河面，嘩啦嘩啦切碎開始帶著熱度的夏日光芒。切碎的光線如冰冷的玻璃碎片冰冷地四散，也溫柔地不停刺痛我的眼。這幅光景相當真實，同時也有哪裡非現實。

她現在染上白色陽光與藍色影子的色彩，彷彿夏日光景的一部分。

單腳踏上踏板的瞬間，突然有種會就這樣道別且再也見不到她的預感。她已經不會再來這裡了。

……不、不對，ＳＡＫＩ會來。

我不會來。

有種從漫長夢境醒來的感覺。

瞬間起了雞皮疙瘩。

我以為我理解ＳＡＫＩ是幽靈這件事。但看見她在面前消失後，我才第一次有了真實感，她是個幽靈。聽起來矛盾，但與之同時我也覺得ＳＡＫＩ是人類，是喪失了肉體，也被肉體束縛的活生生人類。

——好想逃走。

我本能地如此想。回家吧，回去之後當作什麼事也沒發生，就把ＳＡＫＩ忘記吧。現在還能把和ＳＡＫＩ之間的事情當沒這回事，而這大概才是正確的。

但是，直覺對我喊著「別放棄」，現在不能放開ＳＡＫＩ的手。

「嘿，ＳＡＫＩ。」

「嗯？」

她的語氣好溫柔。明明沒有被責備，我卻幾乎無法忍受，沒辦法看ＳＡＫＩ的臉……就算我再也不來這裡，她肯定也會原諒我吧。

我緊緊握住沒什麼感覺的掌心，開口說：

「明天，我希望妳能再來這裡。」

我這樣立下約定，替想逃開的心情綁上重錨。我以為她會立刻點頭，但她沒有馬上回答。

「嗯……」她雙手抱胸沉思。

「嗯。」

「噯，春人同學，我可以問你一件事嗎？」

「我一直在想，你為什麼願意陪我啊？」

「為什麼這樣問？」

ＳＡＫＩ彷彿看著易碎品般凝視著我說：

「因為大概沒有太多人願意陪一個莫名其妙的幽靈啊。」

「——我不知道。」

我的回答讓ＳＡＫＩ露出迷惘的表情，我的表情大概也和她差不多。

太陽穴陣陣地抽痛。

以這次的抽痛起頭，太陽穴配合著心跳開始痛起來。每次抽痛都在破壞我的思考與力氣，越想要確實保持意識就越痛，也慢慢出現噁心感。

極限了。

「對不起，我身體……有點……今天先回去了，但我明天九點會再來。」

「但是……」

「明天見。」

我強硬地拋下這句話，不等她回應便踩下踏板逃離現場。

和緩的風在稻禾上創造出波浪。

順風推著我前進，我用幾乎沒感覺的腳不停踩踏板。輪胎壓到小石子時車體隨之搖晃，手中的龍頭也跟著不穩。明明想要好好握緊，我的手卻使不上力。

回到家，從自行車上下來走進屋簷的陰影後，感覺瞬間轉冷。在玄關台階想脫鞋時，這才發現手微微發抖。我也搞不清楚自己現在感受到什麼，搞不清楚自己想記得看見的事情還是想忘記。只不過，ＳＡＫＩ的手消失又恢復的影像，不停地在我的腦海中重播，那和現實光景交錯，讓我的眼前不停閃爍。

扭開流理檯的水龍頭想洗手。

水流出。

回過神時，我發現自己只是盯著流進流理檯的水看——我到底是想要幹嘛啊？……啊啊，對了，要洗手。

把手放到流水下，接著轉緊水龍頭停下水。拿毛巾擦手時，父親從我身後經過。

「早安。」

「早安。」

我不想讓他發現我不舒服，佯裝平常的樣子回應。

一看時鐘，時間是早上六點半。和平常相同的時間，我煎蛋，父親去拿報紙的時間。對啊，只要和平常一樣就好了。

我一如往常地從冰箱裡拿出蛋來。

轉開瓦斯爐旋鈕，熱火和些微的瓦斯氣味緩緩出現。把平底鍋放在火上，抹上薄薄一層油，在平底鍋邊緣打蛋。蛋殼「啪」地一聲裂開，生蛋緩緩落入平底鍋中。

受熱的透明蛋白底部開始出現小氣泡，接著轉為白色。倒一點水後迅速蓋上鍋蓋，水在鍋中「啪哧啪哧」劇烈跳動，白煙從鍋蓋縫隙「咻」地冒出來。煎蛋的氣味、殘留在肺部的河川氣味與稻田的青草味在我體內混雜成一團。

我的胃部突然大幅翻動。

我立刻停下火衝進廁所。

下一刻吐了出來，只有胃液可吐，胃液的苦澀讓我更加不舒服，反覆乾嘔。什麼也吐不出來，即使如此，我的身體還是拚命想吐出什麼。好幾次乾嘔、咳嗽，但不管多想吐出什麼，我的身體空無一物，根本沒有東西可以吐。

幾分鐘後，父親從背後對在洗手檯漱口的我說話。

「——春人，你身體不舒服嗎？」

「沒事。」

我明明想要正常回答，但逞強的口氣連自己也嚇一大跳。

「……去睡覺，剩下的我來就好。」

「我沒事啦，你等等。」

父親原本還想說什麼，但一語不發地坐回椅子上。

我喝水讓胃恢復平靜，好不容易煎完蛋，對父親說了自己待會兒再吃後，迅速地回到自己的房間。拉上窗簾倒在床鋪上的瞬間，身體的力氣被抽乾。

昏暗的房間。

邊聽遠處響起的嘈雜蟬鳴，我用手臂蓋住額頭，把陣陣作痛的腦袋壓在枕頭上，接著幾乎是失去意識般地沉睡。

◆

——蝴蝶翩翩飛舞。

我做了夢，往事的夢。

夢中的我是小學二年級的天真男孩。

那天，我為了自由研究的昆蟲標本製作，拜託父親帶我到寬敞的河川公園，在藍白蠟筆畫出的藍天底下，單手拿著捕蟲網追著蝴蝶跑。

「喂，春人別那麼急躁，會跌倒。」

聽父親追在後面大喊，我朝著往遠處飛去的蝴蝶不停奔跑。邊跑邊鎖定目標，用力把網子從上往下揮。

「耶！」

「抓到了嗎？」

「嗯！」

我扭轉網子阻擋了蝴蝶的逃生出口，跑回父親身邊，父親的大手放在我頭上。

「好，春人，你把網子放在那邊。」

我照著父親所說，把關住蝴蝶的網子放在草地上。

「那接下來——」

「嗯。」

「你隔著網子讓蝴蝶闔起翅膀，用食指和拇指壓住牠的胸口兩分鐘，讓牠心跳停止，別太用力，要不然會把蝴蝶捏爛。」

父親脫下手錶交給我，我拿過沉重冰冷的手錶瞬間停止動作，抬頭看父親。

「怎麼了？」

蝴蝶在網子裡眨眼般慢慢拍動翅膀。

「但是……」

在我不知所措時，父親表情不變地問我：

「你要做標本對吧？」

「嗯。」

——我暑假作業想要做標本。

我提出要求時，父親有點不願意，我努力說服不願意的父親帶我來河川公園。我很想要嘗試做標本。但不知為何，我完全忘了標本製作過程中，我得要親手殺了什麼生命。我完全不理解自己想要做的事情到底是怎麼一回事。

溫熱的風吹過草皮。

蝴蝶在網子中拍著翅膀，我現在就要親手扼殺蝴蝶的生命——突然湧起的現實感讓我恐懼。

我偷偷看了父親一眼。「不想做就別做吧」，感覺父親會對我說出這句話，我希望他可以這樣說。但父親只是沉默地看著我，看來他似乎決定不插嘴我做出的判斷。

三角紙、大頭針、標本盒等製作標本所需的道具都已經替我準備好了，是我纏著父母在家庭用品賣場買的。時至此刻已經不允許我放棄，而且我不想讓父親認為我是膽小鬼。

我伸出手，蝴蝶大概查覺到異狀，在白色封閉的網子中努力拍擊翅膀尋找逃亡路線。我慢慢縮小範圍阻礙蝴蝶動作，隔著網子勉強地把牠的翅膀闔起來。指尖沾上翅膀的鱗粉。蝴蝶帶粉柔軟的身體相當脆弱，感覺只要稍有不甚就會瞬間毀壞，但是，啊啊，是啊，我現在就要破壞這個身體啊。

我屏住呼吸，用拇指和食指捏住蝴蝶柔軟的胸口。

「輕一點。」

父親在我頭上說。

注意力道別把蝴蝶捏爛，我緊緊壓迫牠小小的心臟。「咚、咚」，指尖感受到比芝麻更小的鼓動。指尖要破壞一個生命，不，是有要破壞一個生命的觸感。蝴蝶沒有聲音，但我知道牠拚命掙扎。我理解了。

手指顫抖。

全身開始冒汗。好熱，明明熱得要命，我的胸口深處卻怕得發寒。

我把手肘用力壓在地面阻止自己發抖，繼續壓迫蝴蝶的心臟。指尖的脈動越變越快，心臟的瘋狂跳動吞沒了蝴蝶的心跳。蝴蝶的生命和我的生命在指尖融為一體，我越來越搞不清楚，陣陣跳動的脈搏到底是蝴蝶的心跳還是我的心跳，亦或是兩者的心跳。

明明是自己要殺蝴蝶，我中途差點哭出來。我果然還是不想啊，不想要殺蝴蝶。不要，不要……

那天回家路上，父親在車子裡不發一語。

又大又圓的夕陽在西邊天空閃閃發亮。

沉重的罪惡感苛責著我。我坐在副駕駛座上，好幾次想對父親說藉口，想要道歉，不停偷看握著方向盤的父親尋找開口的機會。父親只是安靜看著前方，被夕陽染紅的臉看起來像在生氣又像沒有生氣。

就這樣一句話沒說回到家裡，父親打開家門。

「我們回來了。」

我跟在父親身後小聲說「我們回來了」進入家中，父親洗手漱口完後，立刻回自己房間。母親正在廚房裡做晚飯，在我偷偷摸摸從她背後經過時，她突然轉過頭來。

「回來了啊，成果如何？」

母親知道父親帶我出門要做標本。

「嗯……」

我不知道該如何回答，所以含糊回應，母親停下爐火，擦乾手之後在我面前半蹲下身。

「發生什麼事了？」

母親溫柔問。母親從正面注視著我，有什麼溫熱的東西晚了一步從眼睛深處湧上來。

「……我辦不到。」

說出口的瞬間，淚水湧出眼眶。

我不知道是為了什麼而哭，在指尖掙扎的蝴蝶，靜靜在旁守護我的父親，父親借我的手錶的沉重重量，特地買給我卻沒有用上的道具，好多東西在我腦中混雜成一團。

「覺得牠很可憐嗎？」

在我無法繼續說話時，母親如此說。

那是一縷蜘蛛絲，母親不知道我的罪，父親知道我的罪。我點頭。點頭的瞬間，熱淚從我眼中流出。

「這樣啊，春人真善良。」

母親撫摸我的背的手好溫柔，該是我追求的寬恕卻讓我痛苦，所以又哭得更急。善良的不是我，是如此解釋自私的我的母親。

母親摸著我的頭輕聲說了一句：

「你今天思考了很困難的事情呢。」

——蟬鳴在遠處響起。

醒來時，我還以為自己還在夢中。

從窗簾縫隙中射進房裡的金色光線，照亮在空氣中飄浮的每粒塵埃。停在窗簾上的蝴蝶打著半睡半醒的節奏慢慢、慢慢地反覆開闔翅膀。彷彿從我夢中跑出來一般，那和夢中出現的蝴蝶是相同種類。

我輕輕地坐起上半身避免驚動蝴蝶，呆呆盯著蝴蝶拍翅時，視線突然模糊起來。什麼？才這樣想沒多久，腿邊傳來啪答的聲音。

透明的水珠滴落在大腿上濺起，在毛巾被上染出圓形的濕潤。

過一會兒，我才發現那透明之物是從我眼中流出的淚水。在我舉起衣袖拭淚時，蝴蝶飛起，翩翩飛舞混入夏日天空中消失。看不見蝴蝶身影後，我還繼續盯著蝴蝶消失的天空看。一段時間後發現淚水停止，我才搖搖晃晃起身。

一看時鐘，時間已過早上十一點。

父親上班後家裡如空殼，廚房餐桌上放著兩個用保鮮膜包起來的飯糰，旁邊放著穩重字跡寫下的紙條。

「你睡得很熟我沒叫醒你，如果有食欲就吃掉吧。」

我沒有食欲，但還是撕開保鮮膜，吃下稱不上早餐也稱不上午餐的飯糰。想要吞嚥時又有什麼東西湧上來，但我覺得要是吐出來就輸了，花時間慢慢把食物吞下去。

靠在窗邊「喀啦喀啦」打開窗戶，悶熱的空氣流進室內。

抬頭看藍天，看著健壯隆起的積雨雲，我呆呆地想著，那全都由水蒸氣組成耶。

◆

隔天早晨。

醒來時胃和胸口都感到噁心不舒服。

我仰躺在床上，盯著天花板的木紋看了一會兒。

——感覺身體的狀況還是很不好。

接下來要到石橋去找ＳＡＫＩ說話，我現在覺得這是相當困難的事情。但是，在認真感覺身體不舒服的同時，也想著這該不會是身體無意識地在尋找不去的理由吧。自己訂下約定還說這種話很自私，但老實說，我真的不知道自己到底想不想去。

……其實，這是相當簡單的事情。

只要繼續在柔軟平穩的床上打滾，僅僅如此我就能回到「日常生活」中，那肯定不是壞事。

『如果覺得恐怖，你逃走也沒關係。』

SAKI在手臂消失前這樣對我說。

我側躺閉上眼睛。

——那時，不，或許在更早以前她就已經知道會變成這樣了。因為知道這點，她先替我準備退路後，才讓我看見她消失的那一幕。我有這種感覺。

那到底是……怎樣的心情呢？

「唧、唧」……蟬在牆壁的另一頭鳴叫。

我輕輕起身。

走下樓梯，轉開洗手檯的水龍頭。掬起流出的冷水洗臉，一看鏡子，自己的臉色異常蒼白。我一如往常地煎蛋，但我沒辦法吃，拿保鮮膜把自己的份包起來後冰進冰箱。父親看見這樣的我一句話也沒說。

我在玄關的台階穿鞋，用沒什麼感覺的手綁緊鞋帶，打開門後，斑斕模樣的雲朵四散分布在天空中。擦過鼻尖的風混雜些微雨水的氣味，感覺隨時都會下雨。

我跨上自行車，在陰天中慢慢往前進。

看見ＳＡＫＩ佇立在橋上的身影時，看見她手上還拿著傘讓我鬆了一口氣。同時我也發現我沒帶傘出門。

抵達橋邊時ＳＡＫＩ還沒有發現我，只是靠在欄杆上呆呆看著河面。不對，她的眼睛看似有對焦其實沒有對焦。

「ＳＡＫＩ？」

我從後面喊她，她這才嚇了一跳，離開欄杆轉過頭來。黑色眼珠捕捉到我的身影後有些微地動搖。

「早安。」

「……早安。」

——到底該怎樣開口說些什麼好呢？

她漂亮地打直腰桿，轉過來面對我。我的腦海中好幾次不停重複上演ＳＡＫＩ逐漸消失的手臂，以及粒子一顆一顆回到她身上的影像。

「妳昨天晚上有消失嗎？」

問出突然想到的問題，ＳＡＫＩ抿唇做出笑容點點頭，接著再次點頭後呼吸一次，不自在地笑：

「因為我會讓自己在晚上消失。」

「對不起，說的也是。」

我說完後，ＳＡＫＩ想要點頭——接著表情扭曲。

我心想「咦？」她說了「對不起」後背過頭去，看起來像拚命忍住不讓自己哭出來，她的心中似乎有什麼崩壞了。

我茫然呆站著。

「……還好嗎？」

她背對著我搖頭。

「不是，對不起，你等我一下下，大概馬上就冷靜了。」

是什麼東西「不是」啊？

我等待ＳＡＫＩ冷靜下來，突然發現ＳＡＫＩ的背，描繪出她的淡薄細線就在眼前——伸手就可以碰到的距離。很奇怪嗎？我突然想要碰觸她的背。

只要手輕輕放上去就好，我也不知道自己為什麼想那麼做。或許因為試著調整心情的她從背後看起來是那麼嬌小，也可能是感覺ＳＡＫＩ的存在太過不確實，我只是單純想要確認而已，想要確認現在在面前的女孩確實存在。

我緩緩伸出手，富含水氣的濃密空氣纏上我的指尖。

──真的碰了會怎麼樣呢？

會有觸感嗎？是溫暖還是冰冷呢？也或許會從我碰觸的部位開始消失。

在碰到的前一刻，我停下手。

SAKI轉過身。

我迅速抽回手說：

「冷靜下來了嗎？」

「嗯。」

SAKI露出微笑。

……她發現我想要碰她了嗎？太好了，應該沒有發現，看見她的表情後我如此確信。SAKI大概不知道我內心相當慌張，她說：

「我昨天晚上啊，消失了。」

出其不意的一句話。

可以談論這件事嗎？我想，她剛剛差點哭出來就是因為我問了這件事，難道不是嗎？就在不知道可以問多深的情況下，我開口問：

「妳為什麼要讓自己在晚上消失？」

「因為很恐怖。」

「恐怖？」

這麼說來，她第一次對我說晚上會消失時似乎也說過類似的話。

「晚上大家都在睡覺，讓我有種被遺棄在黑暗中的感覺。」

邊佯裝稀鬆平常地說著，ＳＡＫＩ彷彿做著重要任務一般，用傘尖把在我們面前的小石頭推到路邊去。

——這世界在她眼中是什麼模樣呢？

沒有未來也沒有過去，沒有家人也沒有朋友。沒有存在的理由，也不知道到底有沒有結束的一天。儘管如此，現在可能隨時會消失，也可能永遠維持現在的狀態。日復一日，不知道自己的存在到底是什麼，獨自一人到處徘徊尋找結束。我根本無可推量這到底是怎樣的一件事。

不知是好事還是壞事，就肉體不會受損這點來看，ＳＡＫＩ肯定可說是處於非常安全的世界中，但這份平穩可能令人難以忍受到幾近瘋狂吧。

「……總之要不要先走走？」

她點頭同意我的提議。

我們兩人並肩過橋，走到橋的北側，沿著河川朝東邊走去。過一陣子，有個白色東西劃過ＳＡＫＩ身邊，「滴答」在腳邊濺起。

下雨了。

以這滴雨起頭，大粒雨滴「滴答、滴答」落下。

身邊傳來「砰」的聲音，轉頭一看是ＳＡＫＩ撐起傘，我們對上眼後，她不自在地靠近我。ＳＡＫＩ身上沒有氣味，但在進入同一個傘下後，我的肌膚感受到她的氣息。好近。身體慢慢熱起來。

「謝謝妳。」

自己發出的聲音意外讓傘的內側微微震動。

「這原本就是春人同學的啊。」

ＳＡＫＩ的聲音，那份震動微微打在我的肌膚上。

滴滴答答，雨滴持續打在我們頭上。夏天的雨水氣味很溫柔，因為甘霖獲得重生的生命氣息輕柔溶入空氣中。

「剛剛那個啊……」

「嗯？」

「妳剛剛為什麼……？」

差點哭出來呢？我想要問，卻沒辦法好好問出口，她大概理解我話中之意，輕輕一笑地說：

「因為我先前很害怕。」

「先前很害怕？」

「嗯。」

不是「現在害怕」而是「先前很害怕」，過去式。

「……已經不害怕了？」

我一問，SAKI歪著頭說「大概吧……」後點點頭。我看見點頭的她左肩在傘外被淋濕，幾乎下意識輕輕搶過SAKI手上的傘。SAKI很不可思議地抬頭看著離開她手中的傘，看見我把傘往她身上靠不讓她被淋濕，她驚訝地說：

「你會淋濕。」

我搖搖頭。

我自己的肩膀淋濕不打緊。但看見SAKI的臉，我想要拉近彼此距離讓她可以不用在意我被淋濕。但當我打算行動時才發現這是相當困難的事情。

不知何時，被雨傘切分出的小小世界內側，雨水的氣味、我發出的熱度與SAKI的氣息交雜，保持絕妙的均衡，感覺「稍微往左邊靠」這一個小動作會破壞這一切。

在動彈不得的我身邊，ＳＡＫＩ也沒有動作。

雨滴沿著傘面往下滴落，彷彿時間流逝一般。

到底維持這樣多久了呢？

突然，灰色的雲朵裂開，幾道光帶從裂縫中照射下來。

景色瞬間明亮。

河面與水窪瞬間染上金色，驟雨彷彿要拉出光絲般，閃亮的光芒紛亂落地。雨勢一下子減緩，雨絲被風吹動如蒲公英一般，邊發出白色光芒輕飄飄地化作碎片。

我們被晴雨不定的天氣耍得團團轉。

「啊！」

ＳＡＫＩ指著雨絲縫隙。

「彩虹出現了。」

因為她有點開心地說著明眼人都看得出來的事情，我點點頭說「是啊」，她用力放下手盯著我看。

「嗳，春人同學你知道嗎？」

「嗯？」

「水是光與色彩的傳教師呢。」

「光與色彩的傳教師？」

「沒錯，只是眼睛看不見而已，這世界有比眼睛能看見的更多光線與色彩交錯。光線和色彩可以在水中傳播，所以雨天能比平常看見更多的東西。」

水是光與色彩的傳教師，這語感聽起來像是諺語還是什麼的。

「我沒聽過這種說法耶。」

「沒聽過嗎？」

「嗯，第一次聽到。」

「這樣啊……」

她低語，彷彿想用眼睛吞下眼前景色，凝視空中想看見那些看不見的東西。

「——感覺能想起什麼嗎？」

「想不起來，但是……」

「但是？」

SAKI猶豫一下後，看著我微微一笑。

「今天謝謝你來。」

和風吹拂，各處水窪中的天空虛像晃動著。

不知何時雨停了。

我收起傘。

接著，我們兩人都閃避著水窪繼續往前走。

我們兩人彷彿避免掉進天空裡一樣邊看地面邊走，ＳＡＫＩ的手在我身邊不停擺動，我好像得抓住她的手才行一樣，每走一步就會錯失時機一般，有種每次呼吸都有重要的東西從身上消失的奇妙感覺。

雲朵用驚人速度在天空流動，那也在地面的天空以相同速度流動。天空像是會就這樣放晴，也像是會越變越暗。如同鯨魚群的大量雲朵吞噬太陽後，散成碎片往不知何處流逝。隨之明暗的景色讓人眼花撩亂，我走在ＳＡＫＩ身邊，感覺自己心中有什麼正慢慢亂了步調。

「嘿，ＳＡＫＩ。」

「嗯？」

「我想要消滅妳。」

這句話自然脫口而出。

並沒有特定的原因讓我出現這種想法。例如她透光的輪廓，一起步行這件事，並躺看見的繁星滿布的夜空，以及她在朝陽中消失的指尖，或是身體恢復原狀時有點落寞的側臉。肯定是這些小事重重交疊後，就像時鐘短針動了一下一樣，讓我的心情也跟著切換。

到目前為止，我大概對消滅ＳＡＫＩ這件事並沒有很認真。只是覺得只要和她見面，總有一天她會自己消失吧。但是為什麼呢？我此時認真這樣想。

消滅ＳＡＫＩ吧。

聽到我這句話，她沉默一會兒後，「嗯」靜靜點頭。

「萬事拜託了。」

接著低頭看玩具手錶。

「春人同學，時間差不多了……」

時間到了啊。

「嗯，下一次，約明天早上九點可以嗎？」

「嗯。」

「那明天早上九點見。」

我們走回橋上，一如往常互相揮手道別。

「掰啦。」

「嗯，掰掰。」

第二章　好美

◆

隔天，早上六點。

我睜開眼睛，沒有設鬧鐘，但比平常早三十分鐘。醒來的瞬間腦袋異常清醒，莫名地感覺神清氣爽，連房間裡的每個影子都看起來湛藍澄清。

走下樓梯到洗手檯洗臉，打開廚房的門，從玻璃窗外射進來的金黃光中，細微的塵埃滯留在空中。

總覺得今天的空氣好柔軟。

廚房太安靜了，我以比平常更慢動作地從冰箱拿出兩顆蛋。蛋還剩下兩顆，只剩一天份了。今天或明天得去超市補貨才行，我邊想邊把黑澤發亮的平底鍋放在火爐上，抹油加熱。

「叩、叩」敲破蛋殼，打蛋進平底鍋。

滋。

滋。

倒一點水後蓋上鍋蓋，被關在鍋蓋內側的水尋找著出口發出「啪滋、啪滋」的爆裂聲。我關火，稍微移開鍋蓋，找到些微出口的白細熱氣旋轉著逃到空氣中。

早上九點，一如往常在橋上會合。

「早安。」

「早安。」

邊打招呼，我眨眨眼。

「怎麼了嗎？」

SAKI不解歪頭。

「沒有……」

SAKI的氛圍……變了？

說不上來「哪裡」，是因為這個光線嗎？從天而降的晨光，柔柔延伸著，彷彿要染濕所有的草木，光線溫柔地照亮整個河面，半夢半醒般地慢慢流動。SAKI被朝陽與藍影輕輕勾勒出身影，柔柔地站在那裡。

我一瞬間看傻了，接著才回過神來拿過她的傘。

沿著河岸散步。

彷彿要溫柔吹散光粉的風吹過河面，我吸進閃閃發亮的河邊空氣後說：

「妳死掉的時候大約幾歲？」

ＳＡＫＩ的視線從河面緩緩往上移。

「我不知道，我完全不記得當時的事情。」

「不用非常正確也沒關係，妳覺得大概幾歲？」

她像在尋找記憶般看著遠處說：

「……變成幽靈後，這是我第二次看見夏天。」

「這樣啊。」

「嗯。」

第二次夏天，季節輪過一回，也就表示至少一年前了。

「為什麼這麼問？」

ＳＡＫＩ的眼睛看著我，環繞她的光線好柔軟，睫毛落在她臉頰上的影子，不知是否多心，感覺比平常更藍。

突然有什麼東西掃過我的腳踝。我低下頭，腳邊的夏草在微風吹拂下如漣漪般搖曳。我冷靜地踩緊地面說：

「我想要去圖書館查查資料，妳太年輕就死了，或許是有什麼特殊原因才死掉。如果是被捲進意外或是事件當中，可能可以知道些什麼。」

「我也想去。」

出乎我意料之外，我只想過自己一個人去。

「妳可以去有其他人的地方嗎？」

「可以。」

SAKI一臉不在意地說。

「真的嗎？」

「嗯，我到目前為止也和很多人擦身而過，但都沒被發現，我想應該沒問題。」

「但是──」

去圖書館和只是在路上和人擦身而過是兩回事，去圖書館也就表示得一直待在人群中，而且如果被人發現SAKI是幽靈……

SAKI靜靜地看著我。

「我想去，這是我的事情啊。」

這讓我無法回嘴。不需要我解釋，她很清楚去圖書館是怎麼一回事。

隔天早上，我騎自行車朝圖書館前進。

我原本提議在橋上會合後再一起去，但SAKI表示「這樣是繞遠路」而拒絕。雖然擔心她不知道圖書館在哪，但她說她曾經過附近，所以我們直接約在圖書館的自行車停車場會合。

熱得發燙的柏油路，冒出鐵鏽的公車站，隨風搖曳的懸鈴木，樹蔭下的自動販賣機，在空中交錯穿梭的黑色電線……經過市民會館之後就可以看見圖書館的紅磚牆。尋常的日常景色。SAKI出現在這之中就像在作夢，我半信半疑地繞過圍在圖書館旁的植栽，她真的就站在那邊。

SAKI站在停車場的角落，發現我之後朝我輕輕揮手。我下了自行車，慢慢靠近她。

牽著自行車走進車棚底下，視野變得藍色清澈。殘留在眼瞼內側的豔陽還閃爍著紅光，那股紅也漸漸消退。行道樹沙沙搖晃的綠，四處傳來蟬鳴聲，車棚的藍色影子下，SAKI白皙的肌膚很炫目。

「早安。」

SAKI有點緊張地微笑。

「早安。」

我也回以微笑，但緊張得不知道有沒有好好笑出來。

「那麼，我們走吧。」

「嗯。」

我們一起朝圖書館正面入口前進。

「這是我第一次進建築物裡。」

SAKI邊走邊小聲說。

磚造圖書館。不知是因為外頭陽光太強還是因為裡面太暗，緊閉的自動門玻璃變成半透明的鏡子淡淡反射風景，右半邊是SAKI，左半邊是我，也隱約照出我們的身影。靠近後，自動門往左右兩邊滑開，圖書館開了個大口。

我們一起踏進建築物中。

跨過入口的瞬間，SAKI的步調稍微有點遲疑。

在冷氣舒適的館內，我微微冒汗——人比我想像的還要多——但是，來館者各自找書或是認真閱讀，誰也沒看我們一眼。我加快腳步但注意別走太快，領著SAKI往報章區走去。報章區整齊地排列著桌子，每張桌子上擺著各家報紙的最新版，但找不到舊報紙。

我要SAKI等等後朝櫃檯走去。

「不好意思，我想要看以前的報紙。」

「什麼時候的報紙？」

「那個，沒有特定日期……我想要查點東西……」

「一年以前的報紙，請到二樓的資料室洽詢。」

資料室被大片玻璃圍繞，櫃檯就在正面。

乍看之下資料室裡空無一人，想要進去裡面似乎得要和櫃檯說一聲。我邊注意身後的SAKI邊向櫃檯的女性搭話，感覺她稍微看了SAKI一眼，但似乎沒有特別在意。

指定報社和年月之後，女性從書庫裡抱了好幾個月份的舊報紙出來。我抱過舊報紙，帶著SAKI一起坐在離櫃檯遙遠的位置上，彼此輕輕互相點頭。第一道關卡過關，雖然不確定身邊的人到底有沒有看見SAKI的身影。

鬆了一口氣放鬆力氣，我再次環視資料室。

我來過圖書館好幾次，到自習室裡念書，但這是第一次進入資料室。在不常見的法律書籍以及禁止外借的厚重書籍包圍下的寧靜空間中，我們翻開報紙開始看報導。

我們連續好幾天到圖書館報到。

只有第一天緊張，去了兩、三次後，緊張感也越來越淡，在許多書籍包圍，充滿紙張與墨水氣味的人煙稀少空間反而讓人感到舒適。雖然沒有什麼成果，但SAKI發現有趣報導時就會溫柔地「叩叩」輕敲桌面告訴我，我就會和她一起閱讀報導。

三不五時休息一下，花三天時間大致瀏覽好幾家報社過去兩、三年的報導，第四天不抱希望地借了過去一年內的報紙來看。

連續看四天，專注力也跟著下降，翻閱報紙的途中還不慎打起瞌睡。ＳＡＫＩ發現後稍微一笑，她輕說「睡一下吧，我待會兒叫醒你」。我放任睡意閉上眼睛。枕在手臂上時，偶爾會聽見ＳＡＫＩ翻閱報紙的紙張摩擦聲，像這樣在她身邊睡覺也不賴。

我睡了多久呢？

我想應該沒有太久。

當我發現時，周遭一片靜悄悄。

我微微睜開眼，模糊的視線中看見ＳＡＫＩ的臉。日光燈的白色光線下，她停下手看著報紙的某一點。

——那是什麼啊？

她看起來像在發呆，又像是全身緊繃，那是我至今未曾見過的視線。隨著自己越來越清醒，我發現她看的不是報紙，而是前方空無一物的空間。

我從手臂中抬起頭，與ＳＡＫＩ翻過下一個頁面幾乎同時。

她發現我醒來，對我柔柔一笑用嘴型說「你醒來了啊」，接著在我想要問什麼時，她又翻過下一頁。

——那是我的錯覺嗎？

結果我們那天把去年的報紙也全看完，在毫無收穫的狀況中走出圖書館，兩人呆站在布告欄前。休館日公告、暑假限定活動公告、夏日祭典資訊……我不怎麼專心地看著張貼的布告思考下一個方法，但什麼也想不出來。

「……要不要放棄圖書館了？」

我一問，她無聲點頭。

◆

隔天開始，我們又回到九點約在橋上會合，沿著河岸散步的行程。

「嘿，ＳＡＫＩ，妳可以再讓我看一次消失的過程嗎？」

我每次見到她都會如此要求。

「再讓我看一次，再一次。」

就這樣，我緊盯她從指尖慢慢四散的畫面。好幾次、好幾次，近乎執拗。我並非想看，但不知為何有種非看不可的感覺。沒有人強制我，但我持續來見ＳＡＫＩ，看著她消失。

流星雨隔天起，我們不是隔一天而是每天見面，但彼此都不提及這件事。比起這個，我開始在意起暑假剩下的天數，暑假再過十天就結束了。但我們還找不到任何一個可以讓她消失的方法。我突然開始焦急。

「我能做些什麼？」

我每天都會問她。

「妳真的沒有什麼未完成的心願嗎？」

每次她都會如此回答：

「對不起，真的沒有。如果有就好了。」

在這之中的某天傍晚。

我獨自在家裡想著讓ＳＡＫＩ消失的方法時，電話響了，關谷打來的。

『關於明天的烤肉會啊……』

聽她這樣一說，我才想到「已經到這天了啊」而嚇一跳，她接下來的話讓我無法呼吸。

『這次取消，爺爺的狀況不太好。』

——取消。

茂爺爺這一年因為「身體不好」住院，所以沒有參加烤肉會，但在這種狀況下，關谷還是自己一個人來我家，要取消也就表示……是怎麼一回事啊？

『現在啊，似乎還滿危險的。』

我還沒問出口，關谷乾脆地告訴我答案。

「這樣啊……那個，關谷……」

『爺爺拒絕所有人探病。』

「這樣啊。」

被拒絕讓我鬆了一口氣，接著對鬆了一口氣湧出苦澀的罪惡感。

回想起來，三個月左右前和父親、關谷一起去探望時，應該是我最後一次見到茂爺爺。薄薄的皮膚下清楚地浮現眼窩的形狀，茂爺爺的身體無比消瘦。

我不知該用怎樣的態度面對茂爺爺，一如往常地以在我身邊的關谷為中心說話，父親也一如往常地沉著冷靜少話，所以我也仿效兩人飾演一如往常的自己。

就這樣，只有狀況與地點不同，我們度過了一段一如往常的時光。

但在回家時，父親做出不同以往的事，他向茂爺爺要求握手。茂爺爺回應，順勢喊「春人」對我招手。我順從地走到床邊，握住茂爺爺伸出的手。

茂爺爺手的溫度很低，但我確實感覺到血液在冰冷的肌膚深處流動。就算消瘦，這確確實實是茂爺爺的手，過去招待我吃了許多美味蔬菜的手……過去在我難受時，溫柔撫拍我背部的手。

我重新拿好話筒。

——這樣啊。

時至此時，我才理解父親當時行為的意義。而在理解後，也不懂自己當時為什麼沒有發現其中意義。

『春人？』

「什麼？」

『還好嗎？』

我不懂關谷為什麼這麼問，因為現在真正痛苦的是茂爺爺和關谷啊。

「我沒事。」

關谷沉默一會兒後說：

『我會把你的心意轉達給爺爺。』

「嗯，拜託妳了，我也會跟我爸說。」

結束通話，掛掉電話。

父親還沒回到家。

家裡彷彿在水底般寧靜。

什麼白色的東西從視線角落閃過，仔細一看，曬在外面的衣物隨風晃動。我被吸引過去，在緣廊旁穿上拖鞋，拿掉曬衣夾，把曬乾的毛巾和衣物掛滿手臂。

我知道。

這種時候最不該的生活方法，就是哀嘆自己的無能為力；而最重要的，就是確實做好眼前的每個日常。

——大概是這樣。

隔天，我一如往常地起床，一如往常地煎荷包蛋，吃完後收拾好，朝石橋前進。

「早安。」

「早安。」

這天，我們去了離橋最近的神社，因為ＳＡＫＩ同意了我有點自暴自棄「我們去神社拜拜吧」的提議。

巨大御神木的樹蔭，光線穿過樹葉間散落在神社境內，我們走到拜殿前方並肩站好。

朝錢箱丟入五圓硬幣，雙手合掌。

超乎自己想像地認真替ＳＡＫＩ祈禱，這才知道我心中出現認真想幫上她什麼忙的心情。無法具體將願望化作文字說出，我知道了自己不知道該如何祈禱些什麼。

張開眼，身邊的ＳＡＫＩ還閉著眼相當專注地祈禱著。過了約一分鐘，她張開眼睛。

「妳許了什麼願望？」

我一問，SAKI說：

「祕密。」

接著不好意思地一笑，低頭看玩具手錶。

「啊，時間差不多了喔。」

「總覺得啊……」

「？」

「已經可以不必那樣了吧？」

「？」

SAKI嚇了一跳。

「因為沒意義啊，再多走一會兒吧。」

我邁開腳步，SAKI慢了一拍跟上來。

我們隨意漫步在神社境內，接著在境內一角，掛滿一整排的繪馬前站定，隨意看寫在上面的文字。

「希望我可以考上第一志願」、「贏得比賽！」、「家人安全健康第一」、「希望可以遇見理想對象」、「希望小南可以長成一個溫柔的孩子」……

夏風吹拂，頭上的枝葉沙沙作響。

無數的願望也晚了一步跟著搖擺，嘎啦嘎啦作響。

風止，境內恢復平靜時，我開口問：

「有想起以前的事情嗎？」

「對不起，我想不起來。」

「妳有想去的地方，或是想嘗試看看的事情嗎？」

「對不起，沒有。」

「……如果有，我會幫妳。」

「謝謝你，對不起喔，但我真的什麼也沒有。」

「那個啊──」

我打斷ＳＡＫＩ的話說：

「可以不要再說對不起了嗎？」

「──」

ＳＡＫＩ一句話也說不出口。我知道她把已經到嘴邊的「對不起」吞下肚，這讓我更加煩躁。ＳＡＫＩ老是馬上道歉，而這相當消磨我的心。我無法壓抑焦躁地瞪著ＳＡＫＩ，但在下一秒，我感覺自己的焦躁如海浪般消退。

她忍耐著什麼，即使如此還是用顧慮什麼的眼神看我。

……我心想，對我生氣啊。

但ＳＡＫＩ沒這麼做，而是正面接下我幾乎遷怒的怒氣，而且還很貼心地對我說：

「春人同學，一直以來很謝謝你。」

我搖搖頭。

錯不在ＳＡＫＩ，而是在我。說到底，反覆問她無法回答的問題，讓她不停道歉的人是我，但我無法克制自己不確認。

「噯，春人同學好像不太常笑耶。」

ＳＡＫＩ搶先我一步說。

「咦？」

「你沒有自覺嗎？」

「也不能說沒有……」

「你最後一次笑是什麼時候？是怎樣的情況，很高興或很開心嗎？」

總覺得ＳＡＫＩ好像很拚命。

「你有什麼想做的事情嗎？」

她的接連提問又讓我稍微感到煩躁。

「誰知道那種事情啊。」

「那麼，我們一起做些很夏天的事情吧？」

ＳＡＫＩ開朗地說。

「很夏天的事是……」

「像是去祭典……之類的……？」

「可以啊。」

回答後才想到，去祭典也就表示要走進洶湧人潮中。圖書館是沒有問題，但圖書館和祭典的人潮完全不同。啊啊，但在這之前還有個問題。

「這邊的祭典已經結束了耶……」

我說完後，ＳＡＫＩ這才露出驚覺的表情。

「對不起，我沒有好好思考這些問題。」

「啊，等一下。」

我想起在圖書館布告欄上看見的海報。

「我記得，後天在隔壁鎮上有，那也可以嗎？」

鄰鎮的祭典規模不大，而且大概也幾乎不會碰到認識的人。這樣反而好。想到要是有個萬一，盡量別讓認識的人看見我和幽靈走在一起比較好。

「用走的可以到嗎？」

「是可以……我們騎自行車去吧。我載妳去，我也沒有去過，用走的大概會非常花時間。」

「可以嗎？」

「嗯。」

我們約兩天後的傍晚六點半在橋上會合，這天就解散了。

「掰啦。」

我一如往常在橋上揮手。

「嗯，掰掰。」

SAKI也一如往常對我揮手。

——那時我光自己的事情都應付不來，完全沒有發現她為什麼要約我去祭典。

◆

八月二十六日。

夏日祭典當天。

早上醒來後，我在床上發呆了很長一段時間。

總覺得很疲倦，想要就這樣一直睡下去。即使如此我還是努力起床，一如往常地煎荷包蛋、吃早餐、打掃家裡，度過父親上班後的空白時間。

將近傍晚時，我換上自己的衣服中最清爽俐落的襯衫，仔細刷牙、整理好儀容後打開門，抬頭看開始入夜的天空。用力吸一口氣，消退的熱氣中帶著淡淡的夏日氣味。夏天還沒有結束。但也已經過了盛夏時節。

「呼」地吐氣，以那座橋為目標，我朝北邊騎去。

長長架設在空中的黑色電線，逐一開始點亮的路燈，地面的藍色細影，車子錯身而過時的廢氣氣味。因為我提早出門，離約好的六點半還有充裕時間，我慢慢地踩踏板。

許多蜻蜓在透明的天空高低交錯飛翔，進入田間小路後，開始聽見稍顯寂寥的嘓嘓叫聲。最後，我看見ＳＡＫＩ站在橋上。在我停下腳踏車的同時，ＳＡＫＩ過橋走到我這邊來。

「你好。」

「妳好。」

這是第二次在晚上見到她。

比起白天，SAKI更適合黑夜。如同含露在夜間盛開的白花，她靜靜地站在我面前。

「……那麼，上車吧。」

我指指後座，她露出有點不知所措的表情。

「該怎麼坐啊？」

「什麼『怎麼坐』？」

「我想，我應該沒有自行車雙載過耶。」

「坐上後座，在我騎車的時候腳別著地就好了。」

她點點頭後乖乖繞到我身後。

背後柔柔竄過SAKI的氣息，自行車的重心不穩，龍頭晃動了一下。我慌慌張張地踩穩右腳，雙手用力握好龍頭。

「出發了喔，可以嗎？」

「對不起，等一下。」

SAKI慌慌張張地重新朝正面坐好，換了好幾次姿勢。她似乎找不到最安穩的坐法，我看不下去了。

「抓好啦。」

我盡量輕鬆地說，抬頭看天空。渾圓的月亮高掛夜空，我跟個笨蛋一樣想著「啊啊，今天是滿月啊」。

一秒……兩秒……時間過去，我偷偷轉過頭去看，ＳＡＫＩ表情認真地用雙手緊緊抓住後座的鐵架。我暗自苦笑。我那句話其實是她可以抱住我的腰的意思耶。

哎呀，算了。

「出發囉。」

朝後座的ＳＡＫＩ說一聲後，背對月亮比平常更用力踩下踏板。車體一瞬間不穩，但只要抓順後就穩定了。我盡量避開地面不平處前進。

——原來雙載是這種感覺啊。

這是我第一次雙載，也不知和普通的感覺是否相同。後座像有人又像沒有人，踏板的重量和我自己騎車時沒太大不同。

好幾道、好幾道涼風從我身邊穿過。

我和ＳＡＫＩ都不發一語。

風吹過田間小路。往前後左右延伸的水稻如波浪般沙沙地溫柔隨風搖曳，彷彿騎著自行車越過夜晚的大海。只有在轉彎時會感覺重心比自己騎車時更不穩，讓我感覺到ＳＡＫＩ的存在。

ＳＡＫＩ一直很安靜。

因為她太安靜了，讓我時不時想轉頭確認她的存在。但擔心看不見前方與失去平衡，我怕得不敢轉頭。

越靠近目的地，開始零星看見大概是朝會場前進的人。越靠近步行者也越多，看人潮也知道了前進方向。

在會場附近找到自行車停車場，讓ＳＡＫＩ下車。

重心突然變輕。

我也下車，立好腳架後鎖上車鎖。

四處傳來人們的熱鬧笑聲。

頭頂上等間隔吊掛的燈籠將夜色染上橘紅色，淡淡熱氣柔柔地輕撫我的臉頰與ＳＡＫＩ的頭髮。

「我們走吧。」

說完後，我和ＳＡＫＩ兩人混入人群往前走。

越靠近會場，原本遠遠聽見的祭典音樂以及太鼓聲「咚咚」響著，彷彿從身體裡發出聲響一般。這是絲毫不特別的鄉下祭典。即使如此，在僅限行人通行區的入口處，ＳＡＫＩ小聲地發出「哇」的驚嘆聲。轉頭一看，她在橘光照射下的眼睛閃閃發亮。

「很開心？」

「嗯。」

看見SAKI點頭露出滿臉笑容，我的胃奇妙地抽動。

燈籠與攤販的燈光在濕熱的空氣中擴散，柔軟的光粒交錯飛舞，錯身而過的人們木屐「嘎答嘎答」輕快作響。人擠人的悶熱與攤販的氣味，一整面排好的面具以及「軋軋」削成雪花的透明冰塊，在孩子們手腕上搖動的玩具光環，插在浴衣腰帶中圓扇上的紅、藍牽牛花。

夏夜將這些毫無差別地混成一團，來往人潮以及所有東西，彷彿模糊地出現在夏夜中的幻影。

雖然我擔心要是有人發現她是幽靈該怎麼辦，但似乎是我杞人憂天。SAKI非常適合祭典的氣氛，如同落入水中的冰塊，SAKI的存在自然融進祭典的氣氛中。

「要不要先走到尾端一次？」

「就這樣做吧。」

我們順著人潮慢慢在夜路上前進。

棉花糖的甜蜜氣味、浮在冰水上的彈珠汽水、在油光發亮的大鐵板上跳舞般翻動食材的銀色鏟子……邊經過色彩繽紛的攤販，尋找食物以外兩人可以一起同樂的攤販。

接著看見紅色的「撈金魚」字樣。

邀ＳＡＫＩ一起走近撈金魚的攤販時，聞到淡淡的水的氣味。在吊掛的電燈泡照射下，有一家人和一組年輕男女蹲在四角形水池旁邊。我們在他們背後幾步遠往水池裡頭看。紅色、黑色金魚自在地在水池中優游，小小魚鰭翩翩擺動打起小波浪，淺淺的水底倒映著魚和水紋的淡淡影子。

小男孩把撈網放進水裡，和紙立刻染濕變成透明，金魚靈巧地躲過撈網。偷偷一看，ＳＡＫＩ相當認真地關注著撈金魚的結果，我也把視線拉回水池上。

男孩用撈網把幾隻金魚逼到角落，由下往上把來不及逃走的金魚撈起。和紙被金魚的重量打破，男孩不甘心地喊著「可惡」，身邊看似是父親的男子輕柔地撈起一隻金魚給男孩看，男孩眼睛閃閃發亮地喊「好厲害」。

「要不要試試看？」

我一問，ＳＡＫＩ笑著搖搖頭，慢慢打直腰桿。

我們走到盡頭後折返往回走，她問：

「你吃晚餐了嗎？」

「還沒。」

「那去吃吧，有想去的攤販就說一聲，我會等你。」

我在吸引我的章魚燒攤販前加入短短的排隊隊伍，這段時間，ＳＡＫＩ避免擋住別人通行，站在稍遠的路旁等我。我買了一盒章魚燒回到她身邊。

「要不要在哪邊坐下吃？」

ＳＡＫＩ貼心地問。我們隨便找了一個空著的路緣石，隔著一顆拳頭的距離坐下，拿竹籤插起冒著熱氣的章魚燒，我看著身邊抱膝的她。

頭頂上輕輕搖晃的淡橘光染上她白皙的頸項。

看著ＳＡＫＩ，讓我感覺「進食」這個行為壓倒性地是為了活下去的行為，我接下來要把其他生物的生命含進口中，吞進自己的身體中。

「我開動了。」

「慢慢吃喔。」

「嗯。」

我一口吞下章魚燒——

「好燙！」

差點吐出來。好燙，超級燙。我奮鬥了一番，好不容易才把章魚燒吞下去。可惡，嘴巴裡都脫一層皮了。

「還好嗎？」

ＳＡＫＩ邊說邊笑。

「妳幹嘛笑啦？」

「因為啊，你平常都很冷靜，這種很像個人的反應讓我覺得有點開心。」

「……那什麼啦。」

她微笑的眼睛有溫暖親密的顏色，對此感到喜悅的我也跟著笑了。

我們說了很多話。

像是一起去海邊吧、一起放煙火吧、喜歡晴天還是雨天這類無關緊要的話題，話語從彼此的口中一句接一句不停湧出。

偶爾，夜風輕撫我們的臉頰。

風溫柔地擄走ＳＡＫＩ的秀髮。

搖晃喧囂的燈籠光芒。

拍動著淡淡反射光芒的翅膀飛舞的小蟲子。

——這條路平常的模樣絕對不是這樣。

到了明天早上，祭典的魔法就會消失，回復原本的模樣。但現在這個瞬間纏繞著許多光線的模樣便是現實。

攤販的光亮，從面前經過的許多人的鞋子顏色，人類的喧鬧聲。在光線、色彩、聲音交錯嘈雜的道路正中央和ＳＡＫＩ坐在一起聊天，不知為何突然好想哭，我慌慌張張地一口吞下最後一顆章魚燒。沒什麼咀嚼就吞下去，卻被冷掉的章魚燒哽住喉嚨。我從包包中拿出寶特瓶，用液體把章魚燒沖進喉嚨深處。

「……還好嗎？」

「嗯，還好，等等我喔。」

把空的托盤還給章魚燒店後，我急忙走回SAKI身邊。

在那之後又聊了多久呢。

突然，聽到「沙沙」聲，穿著草鞋的小腳站在我們面前停住。抬頭一看，穿著夏季浴衣的小女孩停在SAKI的正前方，嘴巴半張直直盯著SAKI看。

SAKI微笑對著女孩說「妳好」。

女孩沒有任何反應，只是用她漆黑明亮的眼睛直盯著SAKI看。她一動也不動的手腕上掛著的小小塑膠水池裡，一隻金魚彷彿想用牠金色的魚鱗在水中搧起煙般地繞圈圈游著。

我和SAKI面面相覷，SAKI有點為難地笑了。

「真的很不好意思。」

此時，頭頂上傳來另一個聲音，「過來，我們要走了喔」應該是女孩母親的女性拉著女孩的手離去。女孩不停回頭看SAKI，最後消失在人群中。

SAKI在那之後相當安靜。

對她說話也只得到含糊回應。一開始我以為ＳＡＫＩ只是因為女孩的態度而受傷，但不管多久她都沒有恢復的樣子。

我突然焦急起來。

為了填補沉默，我想到什麼就說什麼，越是這樣焦急著說話，我說出口的話也越來越沒內容，ＳＡＫＩ姑且都會對每句話笑一下，但表情也越來越僵硬。突然，我湧上強烈衝動，伸手想要抓住她的手。

她看著遠方，突然舉起我想抓住的那隻手把頭髮勾到耳後。

我的手撲了個空。

——用失去目標的手慢慢搔頭。

我自己也知道這動作很不自然，但不這樣做不行。我不想讓她發現我發現她拒絕我，不想讓她知道我很受傷，也不想承認自己受傷。

我盡量佯裝平靜繼續說話，但佯裝平靜好困難，中途開始連我也不知道自己在說些什麼。最後我把能說的都說完，發現時，我們之間蕩漾的親密氣氛如夢一場地冰冷僵硬，漫長沉默造訪。

ＳＡＫＩ稍微低頭靜默。

我開始覺得她很可恨。

這是ＳＡＫＩ主導的沉默，所以我對這個氣氛束手無策。她已經到了我的話、我的手無法碰觸的地方，我放棄自己主動搭話。但立刻對自己的幼稚感到空虛，下一秒被不知名的寂寞襲擊。我知道孤單的寂寞，但是，這是我生平第一次不是孤單一人卻感到寂寞。

我只是靜靜地瞪著道路的一點看。

——現在，幾點了啊？

好幾個人的笑聲經過我們身邊。

人潮不知不覺中變少，滿足享受祭典的人們似乎已經回去各自想去的地方。我們就在祭典當中被這個潮流拋下了。

過了一會兒，ＳＡＫＩ終於有要開口說話的跡象，我看著她，但她沒有看我的眼睛，只是注視著前方說了一句：

「回去吧。」

「……嗯。」

我點頭後，她站起身。

我晚了一步也跟著起身。

兩人並肩走在回家的人潮中，我時不時偷看ＳＡＫＩ。無法阻止自己不這麼做。她似乎有發現我的視線，卻沒有和我對上眼。

隨著離祭典會場越來越遠，熱鬧的祭典魔法也消失了。

靠著零星點在的街燈光芒，我們走在回家路上。明明用相同步伐走同一條路，卻完全沒有走在一起的感覺。越是一起走，卻覺得我和ＳＡＫＩ的距離越來越遠。抵達停車場，在晚上才出現的日本暮蟬鳴叫聲包圍中，我插進自行車鑰匙。

「上車吧。」

我跨上自行車後對ＳＡＫＩ說，她小聲說了什麼，大概是「拜託你了」之類意思的話吧。我含糊回應，看著前方，靠氣息確認她上車了。

「出發囉。」

腳朝地面用力一蹬，兩人就在黑夜中前行。

四周的田地傳來青蛙鳴叫聲，帶著淡淡光彩的雲朵那頭微微透出星光，我邊騎自行車，邊在心中不當一回事地想著明天可能會下雨吧。ＳＡＫＩ和去程相同一語不發，但那和去程的沉默本質完全不同。

經歷漫長沉默後，再過不久就要抵達石橋時，ＳＡＫＩ突然在我耳邊喊「春人同學」。

嚇了一跳的我，踩踏板的腳一瞬間頓了一下。

我不知道她在想什麼，但我還以為她今天會貫徹沉默。

「幹嘛？」

我盡可能以平淡的語氣問。

「你還記得我第一次讓你看見消失時的樣子隔天的事情嗎？」

「嗯。」

「我差點哭出來，當時你問我了吧。」

「我說了什麼啊？」

「你問我為什麼。」

「是啊。」

我確實那麼問了。

「我說我先前很害怕，對吧？」

「嗯。」

話語跟著風景不停朝後方飛逝，所以很難聽清楚。我看著前方，把全副精力專注在背上，希望可以再多感受一點她的氣息。

從風的縫隙中勉強聽見她細小的聲音。

「一開始沒有好好讓你看我消失的樣子真的很對不起。因為我很害怕。怕突然讓你看到那個，你可能會害怕。害怕你……會不會就不再出現了。」

「為什麼？」

「你可能會覺得很噁心，而且——」

「不是。」

「咦？」

「我問妳為什麼現在說這個。」

「……」

沒聽到。我大聲說：

「欸，妳有在聽嗎？」

不知不覺中發出憤怒的語氣，才剛說出口，就對自己的語氣感到悲傷。

「我有聽。」

但她沒有回答上一個問題。

我繼續踩自行車。

終於抵達橋邊，停下自行車。

確認SAKI下車後，我也跟著下車。

渾圓的滿月光芒落在黑色澄清的河面上，幾乎令人發疼，光線像是扭身般在河面上搖晃。草木靜靜佇立，夜晚的河川充斥「鈴鈴」的蟲鳴聲。

SAKI全身吸飽月光，無聲無息地看著我。

——我一直很希望她可以好好看我的眼睛。

但當她真的注視著我，她的眼睛中裝滿溫柔、寂寞，讓我想要逃往別處。

ＳＡＫＩ開口說：

「春人同學，我有件事想拜託你。」

「——什麼事？」

有不好的預感。

「讓我聽你的心跳。」

「心跳？」

「嗯。」

原本想問為什麼，但我放棄。因為現狀，我無法為ＳＡＫＩ做任何事情，如果心跳聲就好，我很願意給她，如果這是她的希望。

「好。」

我說完後，ＳＡＫＩ如對待易碎品般，畏怯地伸出手。她的手隔著薄薄襯衫碰觸到我的胸口瞬間，在我心中亂成一團高漲打轉的情緒全部，消失了。

ＳＡＫＩ的耳朵貼在我胸口。

ＳＡＫＩ靜靜把耳朵貼上我的胸口，她的額頭、黑髮在我眼前沾滿月光。胸口感受她的存在，心想月亮肯定很冰冷吧。肯定是這樣。我的手在褲子旁用力握拳。

——非得這樣不可。

因為她是這麼冰冷啊，冰冷，更正確說是沒有溫度。ＳＡＫＩ像是夜的黑與月光編織做出來一般沒有溫度。

我拚命地想要感受ＳＡＫＩ的體溫，但那只是徒勞。

——拜託，一點點也好。

「——聽得見嗎？」

我努力問出這句話，「嗯」她小聲點頭回應。

我的心臟現在發出怎樣的聲音呢？從剛剛開始腦袋一片空白，我腦中的空白只有在黑夜中互相吆喝的蟲鳴聲響著。ＳＡＫＩ動也不動地把耳朵貼在我胸口。肩膀、後背、頭，她的全部就在我眼前，我只是站著，不專心地看著，突然，她離開我身上。

「今天很謝謝你，我過得很開心。」

說完後嘿嘿一笑。

熱鬧祭典的殘影在我腦海中閃爍，我緊緊閉上眼把它們趕出去。接著，ＳＡＫＩ白皙的手映入眼簾。

現在ＳＡＫＩ在我眼前，總是不安定晃動的手就在我眼前。我心想，得抓住她的手才行，但可能又會被她閃躲。那麼一來，剛剛那個疑似閃避我的動作就會變成確實。

「ＳＡＫＩ。」

「？」

「我希望妳明天還能來這裡。」

說出這句話就耗盡我全身力氣。

「嗯。」

「要約幾點？」

「挑你喜歡的時——」

「妳來決定。」

我打斷她的話。

「幾點都可以，我會照妳說的時間來。」

ＳＡＫＩ一瞬間露出困擾的表情，但用著與平時無異的聲音說：

「那約早上九點。」

「……我知道了。」

我點頭的瞬間，她轉身背對我離去，站到橋的正中央。時至此時，我才發現她今天沒有拿著傘。

我想問「傘去哪裡了」。

「春人同學，掰掰。」

此時，SAKI朝著我揮手。

「……嗯，掰掰。」

我跨上自行車，腳蹬地面。

單獨一人在黑夜中往前騎的瞬間，我有種確實踏錯什麼腳步的觸感。

我掛心地回頭，SAKI舉起雙手用力朝我揮手。

隔天，SAKI沒有出現在橋上。

◆

到目前為止，SAKI未曾違反約定，也從未遲到過。

我以為SAKI搞錯時間或是日期，要不然就是有什麼原因沒有辦法來。不，是逼自己這麼想。第二天、第三天我都到橋上去，但她仍舊沒有出現。

就這樣三天過去、四天過去——暑假最後一天來臨。

醒來時，細細的光線從窗簾的縫隙照進室內，我呆呆地想「啊啊，已經早上了啊」，想要起床，身體卻使不上力，即使如此，我還是努力坐起上半身。

好寧靜的早晨。

塵埃在細光中飛舞，幾分鐘後我發現自己還在發呆，起身將自己拔離床鋪。

沉重的腳步聲在寧靜的樓梯上響起。

到洗手檯洗完臉，想拿出兩顆蛋打開冰箱門時——才想到「啊，沒蛋了」，我忘了補買，昨天用完最後兩顆蛋時還想著一定要去買耶。

每天早上都會煮個蛋。

這是因為在母親過世後，我看不下去父親急速消瘦而替自己訂下的義務。幾乎不會作菜的我，不知從哪聽到蛋裡面有許多營養，我想讓父親吃營養豐富的東西，所以每天早上都會煮個蛋料理，持續了將近六年。或許只是件小事，但持續並非易事。

而那在今天中斷了，被迫中斷了。

思緒停止了數秒後，我解凍冷凍白飯，把梅干和魩仔魚放到小碟子上。將這些擺上桌時，我以為父親會對沒有蛋的事情說些什麼。

「我開動了。」

面對與平常不同的餐點，父親卻作出一如往常的反應。我看見父親一如往常地打開報紙而愣住，不，甚至感到憤怒，覺得遭到背叛。但腦中立刻出現冷靜的聲音說「你搞錯對象了」。

——因為沒有人拜託我，這是我自發性的行為啊，不是嗎？

早餐後，父親出門去上班。

早上八點。

時針走動的聲音冰冷地在空蕩蕩的家中響著。

暑假要在今天結束了。

我想要去那座橋。不，沒有意義。

SAKI已經不會再來了。

其實在祭典隔天，她到了約定時間也沒出現時我就知道了。她不會來。她不是會忘記約定的人，也不是會毀約的人。她不來肯定有什麼理由，而我不清楚那個理由。

像個笨蛋呆站時，陽光逐步朝我的腳邊逼近。

……熱死人了。

連彎下腰伸手都讓我覺得痛苦，我用腳趾按下電風扇開關，無力坐在地上。溫熱的風吹在額頭，我瞪著只是待在同一個地方不停轉動的風扇瞧。

紗窗那頭的蟬鳴叫著。

淡淡反射陽光的客廳地板。

蚊香燃燒殆盡，細煙突然消失。

好疲倦。

——我想著得動起來才行，卻沒有那個心情。

只有時間無為地不停流逝。

不知哪戶人家門前的風鈴「鈴鈴」響起，我這才終於慢吞吞地動起來。準備午餐，強迫自己吞下去，收拾，把曬乾的衣物收進來，摺好，發呆，邊想著乾脆別再做早餐了還是去超市買蛋，準備晚餐，吃完，收拾，洗澡。

接著迎來暑假最後一個夜晚。

我早早上床閉上眼睛。身體好疲憊，卻遲遲無法入睡，翻來覆去好幾次。腦海中毫無脈絡地浮現與ＳＡＫＩ共度的夏日回憶片段後又消失。

第一次見面時她淋濕了頭髮、在河邊看的流星雨、在雨後道路上出現的藍天虛像、神社裡許下什麼願望的ＳＡＫＩ、柔軟光粒交錯飛舞的夏日祭典、嘲笑我被章魚燒燙傷的ＳＡＫＩ、被小女孩注視朝我使眼色時露出有點困擾的表情、描繪出她模樣的影子形狀、月光下冰冷發亮的小耳朵、總是不停搖晃的纖細雙手、猶豫不決地碰觸我胸口的冰冷指尖。

——胸口有塊疙瘩。

冰冷、有重量的疙瘩。那就在我單薄的胸膛深處悲傷地滾動。抱著咕嚕咕嚕作響的胸口，我又翻來覆去數次。

那晚，我做了一個夢。

那是至今從未做過的夢。

◆

二〇╳╳年七月十六日。

那天，我一如往常地起床、一如往常地出門、一如往常地在學校上課、和總是一起玩的另外三人在校園裡玩、一如往常地獨自走路回家。

被柏油路溫熱的透明空氣，扭曲如不定型的紗綢般搖擺，搖晃的空氣中可以看見水窪的虛像。一靠近，海市蜃樓立刻消失，消失後又在遠處出現。

突然吹起一陣溫熱的風。

插在民宅信箱上的寶特瓶風車嘎啦嘎啦轉動。

不知哪裡傳來風鈴聲。

就快到家了。汗濕的T恤和書包黏在我的背上，我重新背好書包，就在那時——

周遭的聲音突然消失。

我看見停在晃動的海市蜃樓前，我家面前的輕型卡車和人影。看見站在輕型卡車前直挺的身影，從遠處看就知道是茂爺爺。我突然有不好的預感。那是為什麼呢？等到我走近可以看見他的表情後才發現，總是滿臉笑容的茂爺爺臉上完全沒有笑意。

發生不好的事情了。

不尋常的氣氛讓我如此直覺。我想要轉過身離去，腳卻動彈不得。茂爺爺抬起頭，我就像被箭射中停下腳步。

「春人啊。」

茂爺爺抬起曬黑的手對我招手。

「過來，我有重要的事對你說。」

我慢吞吞地走過去。

茂爺爺讓我坐在輕型卡車的副駕駛座，自己準備坐上駕駛座，接著才想起什麼似地說「你等一下」後，到附近的自動販賣機買了兩罐茶回來。一罐給我，一罐自己喝。

我沒道謝，手僵硬在罐子上，茂爺爺只說了一句：

「喝吧。」

我聽話地打開罐子，喝下裡頭的液體。冰冷苦澀的液體從我的嘴巴進入食道，接著從食道慢慢滲透入胃部。我慢慢擦嘴後，茂爺爺仔細對我說母親過世了，我們現在要去母親所在的醫院，以及父親已經在醫院裡的事情。

不知何處傳來唧唧的蟬鳴聲。

強烈的日照讓景色染上一片白。

我知道茂爺爺想要說什麼，點點頭表示我明白他的意思。對自己的冷靜感到不可思議，茂爺爺用更慢的語氣對我說明著什麼，但我不太能理解他在說什麼。

然後沒有任何預兆，我突然嘔吐了。

茂爺爺邊拍我的背讓我下車，帶著我到家裡庭院的樹蔭下。我搖搖頭拒絕他要我喝茶的提議，茶的苦澀衝上喉嚨，我又吐了出來。

感覺腦袋昏沉沉，只有替我拍背的茂爺爺大手的觸感特別真實。

等到我不想吐之後，茂爺爺用輕型卡車載我到母親送醫的醫院。我在那裡，生平第一次看見死掉的人。

那之後的事情，我幾乎沒有記憶。

應該在那之後迎接的，小學四年級暑假的記憶，完全從我的腦海中消失。

◆

擾人的鬧鈴聲響起。

我伸手按掉聲音，離開幾公分的腦袋再度沉入枕頭中。

就這樣過了十分鐘。

我想著「差不多該起床了」，接著又過了五分鐘，我才終於慢吞吞地起床。走下昏暗的樓梯，在洗手檯洗臉，一看鏡子，眼睛底下冒出黑眼圈。

走進廚房時，已經坐在客廳裡的父親從報紙裡抬起頭來。

「早安。」

「早安。」

我邊說邊在冰箱前彎腰，拿出兩顆蛋。

放好平底鍋，扭開瓦斯爐火後抬起頭，雨珠一滴滴打在廚房的小窗戶上。我換了個想法，把平底鍋收起來，把蛋放在小碟子上。用微波爐解凍冷凍白飯，把生蛋放在盤子上端上桌。

「我開動了。」

「我開動了。」

和平常稍微不同的早餐，與一如往常轉小聲的電視播放新聞。恐怖攻擊、戰爭、動物園的明星動物，我心不在焉地看著那些不待人理解便不停丟出的資訊，吃完生雞蛋拌飯，洗好餐具。

走出家門。

昨晚似乎有下雨。

透明水珠從電線上往下滴，四處都有小水窪。從雲縫間可以窺見藍天，我騎著自行車將倒映地面的藍天切分成兩半，朝車站前進。

把自行車停在停車場，搭上電車，下電車，步行到高中去。

一走進教室，因為放晴而澄清的光線，被誰和誰在暑假期間開始交往、誰染了頭髮、有趣影片、電視、偶像等真心覺得無關緊要的話題淤塞。

我坐在自己的位置上看窗外。

伸到教室窗戶旁的樹枝，前端的樹葉隨風搖曳，將如水般持續傾瀉的陽光無限地閃亮彈開。

鬧哄哄的教室。

誰手中的自動鉛筆筆尖，一瞬間釋放閃亮光圈。

我趴在桌上。

就像有隻溫柔大掌貼在我背上一般，後背微微發熱。

如果——

如果真的有神明那類的存在，就算現在要抹滅我的生命，我也覺得無所謂。可以在這溫暖的日照中，毫無痛苦地消失般死去，那是多麼幸福的一件事啊。

我這樣想著時，導師走進教師開始開班會。

接著，日常生活又緩慢重啟。

起床、做早餐、吃早餐、換制服、去學校、上課、吃午餐、上課、回家、準備晚餐、吃晚餐、放洗澡水、洗澡、倒上床、睡覺、起床、做早餐、吃早餐、換制服、去學校、上課、吃午餐、上課、回家、準備晚餐、吃晚餐、放洗澡水、洗澡、倒上床、睡覺、起床、做早餐、吃早餐、換制服、去學校、上課、吃午餐、上課、回家、準備晚餐、吃晚餐、放洗澡水、洗澡、倒上床、睡覺、起床、做早餐、吃早餐、換制服、去學校、上課、吃午餐、上課、回家、準備晚餐、吃晚餐、放洗澡水、洗澡、倒上床、睡覺、起床、做早餐、吃早餐、換制服、去學校、上課、吃午餐、上課、回家、準備晚餐、吃晚餐、放洗澡水、洗澡、倒上床、睡覺……

就這樣迎來第二學期開學後的第一個週末。

缺了什麼東西。

醒來時，我立刻感覺到這件事。

總覺得……靜得出奇。

是缺了什麼。思考一下才發現，不久前在夏季喧囂的蟬鳴聲完全消失了。牠們不可能在一夜間全軍覆沒，大概是慢慢消失的吧。只是我今天早上才發現，也不知道是何時全部消失。或許昨天、前天早就消失了。不管怎樣，今年的蟬壽命走到終點。

符合預期的安靜讓我有點不知所措。

接著對不知所措感到心神不寧——不過只是蟬，我在心神不寧什麼啊。早在進入夏天前就知道事情會如此發展，我也理當明白。蟬鳴遲早會再響起，明年夏天會有明年的蟬鳴叫，還擺出一副「我每年夏天都在這裡叫啊」的表情。

但話說回來……這份寧靜和什麼很相似。

我想起SAKI在圖書館資料室那個尋常的空間中專注看什麼的樣子，離開床鋪打開抽屜，蟬殼滾了出來。

如她過去所做的，我用指尖捏起蟬殼，放在掌心上。感覺只要這麼做就能明白什麼，但當然沒有那回事。空殼仍舊空蕩、輕盈卻很堅硬，蟲腳勾住肌膚，有點刺刺的。

我握起擺著蟬殼的掌心。

「劈」傳來龜裂的聲音，尖銳的蟲腳刺進掌心。我就這樣慢慢捏碎空殼，把粉碎的空殼丟進垃圾桶。

週末結束後的週一。

這天最後一堂課是日本史，歷史小老師在教室裡用嘟嘟囔囔聽不清楚的聲音念課本。暑假的餘韻早已消失，午後斜陽照射下的教室彷彿被枯燥的課程影響，飄散著懶散氣氛。有幾個同學或是玩手機，或是趴在桌上睡覺。偶爾還會聽見竊笑聲。

我茫然地坐在位置上。

這個時間到底在幹嘛？只是一段班上半數同學都希望快點過完，只是讓人累積疲憊，緩緩包圍在無意義中的時間。

「砰」有個白色的東西飛到我的筆記本上，在桌上滾幾圈後停下。一個小紙團。我往紙團飛來的方向看，斜前方兩個位置的關谷朝我輕輕舉手。

我打開揉成一團的紙條。

『你在幹嘛啊？』

上面排列著端正的文字。

專心看黑板啦。

我對關谷搖搖頭。接著她立刻俯身在桌上，拿筆寫下什麼，把紙揉成一團後丟過來。紙團劃出漂亮的軌跡抵達我的桌子，在邊緣停下來。

打開紙。

上面什麼也沒有。

只是揉成一團的白紙。

我抬頭。

『笨～～蛋。』

關谷只用嘴型說了這句，咧嘴一笑後轉過頭去。

——莫名其妙。

我低頭看課本。

隔天，茂爺爺過世了。

關谷請喪假不在教室裡，但教室基本上與平時無異。和平常稍微不同的，就是和關谷要好老是一起行動的同學，心不在焉不知所措地和其他同學一起行動這點吧。

我心想，就是這麼回事吧。

不管有誰在哪裡過世，日常還是會好好延續。誰過世也不會對世界起太大影響。不單只是茂爺爺，換作任何一個人都相同。

週五要替茂爺爺守夜，那天傍晚開始變天。

沉重的陰暗天空下，提早下班的父親開車到車站接我一起去殯儀館。自母親過世以來，這是我第二次去殯儀館。和父親兩人待在幾乎無言的車子裡，我靜不下心地看著窗外。我討厭殯儀館。但應該沒有人喜歡吧。

在窒息感中抵達殯儀館，到櫃檯寫好名字走進擠滿人潮的會場時，我嚇了一跳。一直以為殯儀館是濃縮人類悲傷的沉重場所，但在那裡幾乎看不見有人悲傷哀嘆。反而可說列席者都很平靜，看見認識的人就輕聲細語地平靜說話。

我雖然不太想回憶，但感覺母親那時似乎不是這種氣氛，而是有著更多無處可宣洩的淚水氣味。但仔細想想，母親過世時還很年輕，也或許是因為太突然了。

我邊走到喪服隊伍尾端時邊想——

如果是年事已高的人，就會像這樣平靜迎接悲傷、道別嗎？還是因為往生者是茂爺爺，才會出現這種氣氛呢？

……搞不太清楚。

守夜儀式開始後，會場的嘈雜聲瞬間消失。

儀式嚴肅進行，終於輪到我上香，面對茂爺爺比現在年輕，還沒生病前的遺照與棺材，我不懂深意地仿效前一個人捻香。配合旁邊的人鞠躬，抬起頭無意中看見茂爺爺的遺照時，強烈的既視感狠狠揍上我的腦袋。

——就是這裡，確實就是這裡。

六年前，母親就在茂爺爺所在的地方。

放著母親遺照的祭壇上現在擺著茂爺爺的遺照，過去我所在的地方，遺屬坐的位置上，關谷就在那。上完香，向遺屬鞠躬致意，抬起頭時和關谷對上眼。雖然我心想關谷或許在哭，但她只是平靜地做好身為家屬的工作。

上完香的列席者三三兩兩走出殯儀館。

外頭滴滴答答開始下雨，我和父親跟著人潮走出建築物。父親快步走向停車場，我晚了幾步追在他後面走。父親無言地解開車鎖，我們幾乎同時坐進車裡。

「人還挺多的呢。」

父親說道。

「是啊。」

我邊繫安全帶邊說。

車子的擋風玻璃被雨水做出的透鏡覆蓋，外頭景色看起來凹凸不平。父親發動引擎，啟動雨刷，雨刷將雨水透鏡一掃而空。

車子緩緩開動，朝日常前進。

雨水好幾次扭曲我們的視線，雨刷一一掃去這些。被雨聲包圍，車內安靜得彷彿與外界隔絕。

我偷偷看了握著方向盤的父親。

父親直直看著前方，在發現我的視線後開口：

「晚餐要吃什麼？」

「什麼都好。」

「我還穿著喪服啊……」

父親稍微思考後。

「……回家換衣服後去吃拉麵吧？偶爾外食也不錯吧。」

在車裡、在拉麵店，父親都比平常多話。看著比平常多話的父親，我心想。

這種時候，父親也會想起母親嗎？

◆

我從沒想過，生平第一次看見「死掉的人」竟會是母親。

是在我受傷回家時，和朋友吵架時，發生什麼失敗時，總會對我說「沒關係啦」的母親。

母親在純白的棉被裡變冷。

「遺照該怎麼辦？」

「這張照片應該可以吧？」

大人們在混亂中被什麼追趕般忙亂。選擇遺照、供奉玉串，這每一個我沒聽過名字的儀式，就像確定了母親的死亡，將其一步一步固定成現實。

……我一直以為大人無所不知無所不曉。

隨時都有人知道「答案」，真的傷腦筋時就會有人告訴我答案，所以我以為不管發生什麼事都沒有問題。但大人們看起來也對母親的驟逝困惑，不知該如何處理情緒。

發生太多事情，我當時的記憶斷斷續續。

我只記得，醫院的消毒水氣味，蓋在床上的白色床單，蓋在母親臉上的白布很恐怖，塞在母親鼻孔中的白色棉花，在大人們慌亂地東奔西走時，我無事可做地跪坐在房間角落看著母親枕邊搖動的燭火，父親偶爾要我幫忙端茶或是拿坐墊時，親戚大人們刻意誇獎我或是含淚看著我，看見父親在半夜靜靜摸著母親的頭，雖然沒有告訴我病名，但聽說母親過世時頭非常痛。

還有，我很清楚記得守夜儀式當天白天有入棺儀式。

在聽齋主說入棺前大家要一起清潔母親身體的說明時，很奇怪，我第一個擔心起父親，想著要是這樣做，父親會不會哭出來。

心神不寧的大人中，只有父親一個人平靜得恐怖。但那並非不悲傷，父親肯定在忍耐。我不想讓父親有更大的負擔。雖然很自私，但我無比畏懼看見父親哭泣的樣子。不是誇大其辭，我覺得要是看見父親哭泣，世界大概也毀滅了。

而且我不想讓任何人看見父親哭泣的樣子，但我白擔心了，父親邊擦拭母親的身體邊說：

「好美。」

我不禁抬頭看父親。

「好美。」

在呆傻的我面前，父親不停重複「好美、好美」擦拭母親的手、手臂、脖子、腳、腳趾尖，花時間仔細地擦拭每個可以擦拭的部位。

「就算已經不能說話、什麼事也辦不到、已經死了，妳還是好美，美春真的好美。」

父親撫摸母親的額頭。

「妳好好休息，謝謝妳。」

根本不需要我擔心。

父親沒有哭，取而代之，彷彿用力擠乾全身神經一般，他滿頭大汗。就這樣，全心全意地要送母親到不知名的地方。

聽見背後傳來誰的抽噎聲，我感到憤怒。

不對。

不對，父親才不是這樣的人。他不是這種會在人前把重要的事情、把自己的心情說出口的人。

——啊啊，但是，原來是這樣。

不對啊。

不對的不是父親，而是狀況。這是母親在這個家裡的最後一刻，父親大概也知道這一點。是最後了，所以和平常不一樣。

最後了。

父親沒有哭，反而是我心中有什麼崩壞了。才聽見滴滴答答的聲音，父親停下手轉過頭。

「春人。」他迅速抱住我。

「沒事，沒事啦。」

父親摸摸我的頭，久違地感受到父親的溫暖，那絕望的溫暖讓我用力搖頭。直到此時，我才發現滴滴答答聲是自己落下的淚水。

——不對。

不對。

在父親溫暖的懷抱中，我不甘心地緊緊咬住牙根。想要這樣阻止自己發抖與嗚噎。

我好想大叫。

不是我，真正在痛的人是父親。父親沒有哭泣，但我沒那麼不懂事，不可能沒發現父親的哀傷。

不對、不對。

我就這樣不停地搖頭。

母親過世後，我才知道好多事情我不知道。

例如，父親其實很笨拙。

某天早上傳來燒焦味，我跑到客廳一看，只見父親盤坐在燙衣板前雙手抱胸，眉間有道深深皺褶。

「怎麼了嗎？」

我一問，父親抬起頭來。

「唔，燙焦了。」

父親非常冷靜地回答，但仔細一看，他的額頭冒出汗水。

「媽媽都是這樣做喔。」

我在空中模仿母親燙衣服的樣子，想起母親這樣流暢地滑動熨斗後，施魔法般將襯衫和手帕上的皺褶全燙平。我從小就覺得這很有趣，每當母親拿出燙衣板來就會靠近，直盯著她手邊看。

「你會嗎？」

父親微微展眉。

「嗯，會，借我一下。」

雖然只是感覺應該會。

從父親手上接過的熨斗比想像中沉重，把襯衫在燙衣板上攤開，試著將熨斗滑過表面，卻被什麼卡住而手邊一頓，襯衫立刻出現皺褶。皺褶出現後就無法消失，為了消除皺褶又把熨斗往上壓。皺褶還是沒消失。再稍微燙久一點——這樣做之後，襯衫上出現淡黃痕跡。

「嗯……」

在皺成一團的襯衫前，我雙手抱胸歪頭。

「唔嗯。」

父親也在旁邊露出傷腦筋的表情，過了一會兒才摸摸我的頭：

「謝謝你啊。」

除了燙衣服外，洗衣工作勉強可以應付。

曬衣服原本就是父親的工作，收進來摺好是母親的工作。現在由我來收衣、摺衣，我從小就會幫忙，所以大致上知道該怎麼做。

最大的問題是煮飯。一碰到做菜，父親徹底發揮他的笨拙，該發生的狀況全發生一輪，也就是被菜刀切到手、把平底鍋燒焦。

「燙！」還燙到手。

每每發生狀況就輪到我打開急救箱，父親手上的藥膏和ＯＫ繃與日俱增。就這樣，父親偶爾失敗但也努力要帶給我日常生活。

父親話少卻勝過千言萬語，父親無言地大叫。

喊著「沒事」。

該怎麼說呢，父親就是這樣的人。不會把重要的事情說出口，但會用行動來表示。大抵事情都想裝作稀鬆平常去做好，就是如此堅強的人。而我最擔心的也是父親這份堅強。

父親開始會在晚上打呼。看見他一天比一天深的黑眼圈，逐漸憔悴的臉，我擔心會不會連父親也搞壞身體而無比心痛。父親的背越來越消瘦，彎身時，可以看見他的脊椎如浮在海中的孤島般從襯衫內側隆起。

就算我拜託他別勉強自己，他也只是笑著對我說謝謝，這讓我難以忍受，我不希望父親再努力下去。

我在這世界上最想要的東西

日常。

可以安心過日子的，日常。

雙親健在，和朋友玩耍，吃飯，晚上可以安心入睡，這些理所當然的日常。但這已經是再也不可能，此生絕對不可能得到的東西。我相當清楚這點。

那麼，我就做現在能做的吧。

某天從學校回家，待在無人的家中等待父親回家時，我如此下定決心。多學會一點事情，盡量減輕父親的負擔。

接著，我最先想到煮早餐。煮飯、掃地、洗衣服……隨著時間過去，我會做的事情也越變越多。

但與其成正比，我不能做的事情也變多了。

◆

週一。

早上上學後在教室裡看見關谷。

還以為茂爺爺過世後，她會很消沉，但該怎麼說呢，她和平常沒兩樣。在白光淡淡擴散的明亮窗邊和好朋友開心聊天，互相歡笑。我感覺鬆了一口氣，也感覺出乎意料，把自己的書包放在桌上。

上課鐘聲響起，一天就在漫不經心中開始了。

第一堂，數學課。

第二堂，英文課。

第三堂，體育課。

第四堂，國文課。

第五堂，日本史。

接著，放學。

走出校舍，強烈陽光令我瞬時瞇起眼睛。

照入校園與遠處民家中的強烈西曬，乍看之下與盛夏無異，看似相同的景色卻有種不實的感覺，或許是因為光線沒有熱度吧。我一瞬間停下腳步。總覺得我已經沒辦法繼續走了。

即使如此，我還是努力邁開腳步。

下了電車，我一個人走向收票口。

「春人。」

突然有人從背後叫我，我轉過頭沒多久，關谷邊將身邊的空氣趕跑邊輕巧地站到我身邊，我嚇了一跳。

「——喔。」

她彷彿一道清涼的風。我邊回答，完全想不起自己在這之前正在想什麼。

「原來我們搭同一班車啊。」

被她水潤的眼睛凝視，我有點慌張。

「嗯，我也沒有發現。」

「就是啊。」

跟著人潮走過收票口，朝停車場走去的路上她說：

「謝謝你來參加爺爺的喪禮。」

我含糊點頭回應「嗯」，把自行車牽出停車場。

我們沒有對話，並排騎在傍晚的街道上。站前道路的商店街，紅色鳥居和小小祠堂，飄散淡淡醬汁氣味的白牆柑仔店，擺著手套和球棒的運動用品店，看起來比記憶中還要小的小學……走過熟悉的道路，來到我們兩人的分歧點。

當我選擇往關谷家方向走，她稍微眨了幾下眼。

「……你要送我回家嗎？」

「啊啊，嗯。」

我含糊回應。

「……」

「……」

「關谷。」

「幹嘛？」

「妳還好嗎？」

關谷輕聲一笑。

「你該不會是在擔心我吧？」

「嗯，有一點。」

我放棄掙扎。

關谷「呵呵」笑。

「謝謝你，我沒事喔。」

「這樣啊，太好了。」

我邊說邊看著關谷染上橙紅的側臉，為什麼呢，我心想要是她願意哭出來就好了。

天空好紅。

從小到大沒變過的下午五點的鐘聲。

溫柔的傍晚氣味。

鐘聲餘響消失時，我突然想要遠離關谷。

在三叉路右轉，太陽光在正面強烈閃爍，下一瞬間，建築物的影子擋在面前。光線殘影的紫色散落在空無一人、潮濕的小路上。

「我之前也曾經提過。」

目送朝斜前方跑走的茶色虎斑貓離去，關谷想起什麼似地開口：

「這世界上有很多不知道最好的事情，到死之前會遇到多少這類事情全看那個人的運氣了。還有啊，也有很多不去想才能活得痛快的事情，會思考多少這類事情就全看那個人本身的特質了。」

在和緩的坡道前，關谷突然往前，像是在確認坡道傾斜角度，接著看我：

「——然後啊，春人肯定是那種會想很多的人。」

「不見得吧。」

車輪吱吱作響，我重新握好龍頭避免車子搖晃，關谷在我身邊用力踩踏板。

「阿姨——春人的媽媽過世後，你就不和山內、佐口他們那群原本很要好的人一起玩了，對吧？」

「嗯，是啊。」

被騎到我前面的關谷影響，我也用力踩踏沉重踏板。

家裡的日常因為母親離世而出現變化，但學校的日常應該沒有任何改變。明明就和之前一樣地過每一天，但先前感到有趣的事情變得一點也不有趣。接著，不笑的我開始和朋友間出現摩擦。

「應該是第二學期剛開學不久吧，你和佐口打架帶傷回家的時候，你還記得你要我不可以告訴你爸你打架和受傷的事情嗎？」

我苦笑。

「真虧妳還記得那種事耶。」

那時我開始不和阿山、阿秀說話，阿佐努力想要讓我和兩人和好。但最後，我放棄繼續和他們來往。那天，當我下定決心要離開他們三人時，阿佐拉住我，那讓我無比生氣，我朝他們拋下：

『和你們在一起也只是無聊而已。』

然後，就演變成動手動腳打群架了。

我坐在關谷家緣廊讓茂爺爺替我擦傷的膝蓋擦藥，關谷就在旁邊用她像貓的眼直盯著我的傷口、療傷的方法看。擦完藥後，茂爺爺離開，只剩下我和關谷，我突然發現有件事情得要跟關谷說才行。

『明明。』

無意識喊出小時候的喊法。

『幹嘛？』

『我和阿佐打架了。』

關谷稍微深思後說。

『……和佐口同學他們嗎？』

明明是自己說出口，聽到她回問卻不知該如何回答。

佐口同學「他們」。

看來，雖然關谷和我不同班，也發現我和阿山、阿秀處得不好。被青梅竹馬知道這件事讓我難堪，但我吞下想否定的心情，「嗯」地點點頭。因為有更不能忍受的事情。

『妳不要告訴我爸。』

我想要盡量自然、平靜說，聲音卻些微發顫。

關谷似乎也發現這點。

『……為什麼？』

她貼心地問，要是說出「我不想讓他擔心」就會哭出來，所以我忍下湧上來的東西，用強硬的口氣說：

『不為什麼。』

原本都和阿佐他們在一起，要是突然不和他們在一起，關谷肯定會發現異狀。關谷或許會因為擔心而跑去跟父親說，但不管怎樣，我絕對不想讓父親知道我在學校過得不太順利。我過得很好。就算是謊言也希望父親如此認為。

關谷不太苟同地低著頭，最後才抬起頭點點頭說：

『我知道了。如果你不想我就不說，但是春人，那到底——』

她在到底後想說什麼，當時沒聽到就結束對話了。正好在她想繼續說時，茂爺爺端著放麥茶和點心的托盤走回來。

——走過潮濕的小路，帶著淡淡橙色霞光的天空在頭頂上開闊。

「那到底是為了誰呢？」

超越時空，我這才知道關谷當時想要說什麼。只不過，我搞不太清楚她為什麼這麼問。

「——噯，春人，我大學要到北海道念書。」

「嗯。」

「你會寂寞嗎？」

我無法回答。

「我會很寂寞。」

關谷說。

「我啊，包含你在內，我很珍惜現在待在我身邊的人。感謝大家和我在一起，如果離開了我會很困擾。但是三年後，我就不在你身邊了，你也不在我身邊。現在理所當然度過每一天的人會全部從我身邊消失，那讓我感到很寂寞。但是啊，不管是多珍惜的人，不管是多必要的人，不管分別有多悲傷，我在新環境中總有一天會覺得沒關係。然後啊，那對我來說是最寂寞的……你知道我想說什麼嗎？」

「大概了解。」

「即使如此，我還是想去。」

從我們身邊駛過的卡車後照鏡反射著夕陽，強烈地一閃。

「春人呢？」

「咦？」

「春人要怎麼做？」

「……妳是要去那邊幹嘛？」

關谷把被風吹亂的頭髮勾到耳後，看著遠方說：

「要去見各式各樣的人。」

那天晚上。

洗完澡拿毛巾擦著頭髮經過客廳時，看見父親坐在四人沙發上，專注地看著什麼，當我發現那是以前的相簿時，自然而然地脫口而出：

「——你在幹嘛？」

看見父親獨自一人看相簿的身影，我無法不出聲喊他。

父親慢慢轉過頭：

「嗯？沒有啦，就覺得好懷念。」

「是喔。」

「你也要一起看嗎？」

我當沒聽見。

「爸，我今天見到關谷了。」

父親小心地把相簿放在桌上，整個身體轉過來面對我。

「明美狀況怎樣？」

「——跟平常一樣。」

「這樣啊，跟平常一樣啊。」

父親深深點頭。

「嗯。」

父親再一次點頭說「這樣啊」。

「等一切平靜下來後，再來烤肉吧。」他說完後一笑。

已經沒辦法和之前一樣了。

我差點脫口而出，但這句話太孩子氣，我又吞回去。話語通過喉頭時，喉嚨違反我的意志稍微震動。

父親的眼睛很亮。

「春人呢？」

「咦？」

「你還好嗎？」

「還好。」

邊說，我湧起一股想把桌上的相簿撕裂丟掉的衝動。

「……爸呢？」

其實我覺得不能問出這句話，這肯定是個殘忍的問題——但是，我已經沒辦法阻止自己。我一直、一直很想問出口。

「爸才是，你還好嗎？」

我使出全力擠出問句，但父親慢慢眨眼：

「什麼還好？」

「什麼……」

母親和茂爺爺都不在了，關谷三年後也會離開，或許連我也是。那麼父親……這代表什麼意思，他不可能不知道。

從小就在這裡的桌子，關谷和茂爺爺來我們家時椅子不夠，從廚房拿出圓椅是我的工作，烤肉會那天總是五個人擠成一團。這張大過頭的桌子旁，現在，只有父親孤單坐著。

「沒什麼。」

就當我打算離開時——

「春人。」

父親喊住我。

平靜的聲音，但有著一股不可思議的魄力。

「你去你想去的地方吧。」

滴答、滴答……時鐘秒針的聲音在兩人獨處的房內響起。

——我戰戰兢兢地回過頭，出乎意料地對上父親溫柔的眼神。

「去你想去的地方，過你想過的生活吧。你不管去哪、做什麼肯定都沒問題。」

在我沉默時，父親「嗯？」地皺起臉。

「……咦？這我先前也講過了嗎？」

你是對關谷說的啊。

我搖搖頭苦笑。

接著無法忍受繼續待在這裡而逃回自己房間，反手關上門後靠在門上。

呆呆站在門內時，『好美。』父親那時的聲音、身影浮現在我腦海中。

在茫然的我面前，父親不停重複「好美、好美」，花時間仔細擦拭母親的手、手臂、脖子、腳、腳趾尖等所有能擦的部位。

那時，父親這個人類靜靜燃燒，我覺得那好美。同時親眼看見父親那寧靜的激情，我也感到恐懼。打從心底對活下去感到恐懼。

眼睛深處湧出熱意，我咬緊牙。

……為什麼我總是沒辦法好好面對其他人呢？為什麼沒辦法像父親、關谷一樣好好珍惜現在眼前的人呢？

為什麼？

滲出的淚水模糊房間輪廓。

晚了一步，夏日祭典那晚突然浮現在我腦海。

在橋邊吸收月光無聲看著我的ＳＡＫＩ，帶著溫柔、寂寞的眼睛。臨別時說想要聽我的心跳，貼在我胸口的耳朵。離開後「嘿嘿」笑的她……我什麼也沒辦法對她說。

我用手粗暴地擦拭溢出的淚水，這是憤怒的淚水。怎麼擦也擦不乾。我當場蹲下身，無可壓抑的嗚咽聲冒出。

媽媽，我現在知道了。

我最重視的是不讓自己受傷。

胸口深處一直有個疙瘩。

冰冷、沉重的疙瘩。

……那是我為了保護自己而做出來的疙瘩。

總是理所當然在身邊的東西——不經意的瞬間看著我的溫柔視線、碰觸肌膚時的手心溫暖、讓臉皺成一團的笑法、斥責我時的認真眼神、帶著溫柔的腳步聲、站在廚房時的背影

——一一確認這些東西，這些永遠失去的東西，讓我無比恐懼。

只要認真面對，我的心情就會無可控制地滿溢而出，感覺自己的心也會跟著崩壞，為了不讓自己沉溺於痛楚與悲傷中，我把這些東西全部趕出腦袋，每當懷念即將溢出時，我就會用力壓毀、壓縮，接著，我就會連自己感受到什麼也搞不清了。

母親走了，茂爺爺也走了。

即使如此，時間還是繼續流逝。

如果就這樣不變地繼續走下去，有天會走進死胡同內，那時就得面對自己的懦弱。

——那肯定，就是現在吧。

第三章　請妳消失吧

◇

「噗」地把畫筆泡進水裡。

輕柔毛束吸水後收束成光滑流線形，拿浸濕的畫筆輕撫白色畫紙，水一瞬間停留在紙張表面散發光澤，接著被吸收後讓畫紙膨脹。

稍微調整畫筆形狀，沾起調色盤上的顏料。

筆尖貼上膨脹的畫紙時，顏料順著水氣滲透開。拿揉成一團的面紙敲打脫色，觀察顏色濃淡後再加上一點。不停重複這個步驟後，遠離畫作眺望整體。

拿吹風機吹乾畫紙上的水氣，再次拿起筆。

在紙張邊緣兩、三次確認顏料色彩後調整筆尖，在畫紙上淡淡上色。為了避免顏色混濁而勤勞換水，一筆一筆疊加顏色、線條。偶爾放下筆、眺望整體、再拿起筆。

——專注力瞬間切斷，耳朵突然開始撿拾周遭聲響。

我心想「啊，又來了」。

聊天聲、輕咳聲、椅子磨擦地面的聲音，在無數聲響包圍中，我彷彿像隻迷途羔羊。起頭很順利，但隨著筆數增加，大概開始可以看見作品全貌時，我就會搞不清結尾而停下筆。真的變得動彈不得，接著完全無法前進。

「SA——KI。」

溫暖的手輕輕貼在我的背上，轉過頭去，看見綾香學姊站在那。

「狀況如何？」

「……果然好像還是不行。」

坐得不太穩，我重新調整坐姿。這樣重新看，感覺自己的畫看起來十分貧乏冰冷。

「哎呀呀，這是發生什麼事了呢？」

「嗯……」

我從工作檯下拉出椅子放在旁邊，綾香學姊邊坐下邊把掉下來的瀏海勾到耳後，看看畫又看看我的臉。

「從哪時候開始的？」

我聳聳肩。

綾香學姊和我在同一間國中的美術社，大我一年級，四月時在高中的美術社重逢，但重逢時我已經是這種狀況了。綾香學姊湊上前盯著畫看，接著慢慢歪頭：

「紗希（SAKI）啊，妳是為了什麼畫畫？」

「……隨波逐流。」

「剛剛那個空白是怎樣！絕對不是隨波逐流吧，什麼啦？告訴我嘛！」

綾香學姊原本就閃亮的眼睛變得更加閃耀，雙手抓著我的手臂擺動。我偶爾會覺得她很厲害。可以順從自己的情緒輕易走進他人內心的人，大概擁有愛人的才能吧。她的這份天真，會讓我稍微變得沒有防備。

「我也說不上來……我想要透過畫帶給人幸福。我想畫出溫柔的畫、溫暖的畫，希望有誰可以因此而感覺溫暖一點……」

說著說著，我的臉也越變越紅。

把一直放在心中的溫熱想法說出口後，不知為何突然好想哭。我相信繪畫的力量，那是我很大的願望。

綾香學姊看著我的臉脫口而出：

「原來如此，紗希是個騙子啊。」

出乎我意料之外，一瞬間我聽不懂她在說什麼。

騙子？

「那個，是哪部分……？」

在我困惑之時，綾香學姊手撐下顎思考著說：

「嗯，有點難講耶。妳看嘛，如果事前先提示答案就會感覺似乎知道，但也有事情就是因為這樣才會搞不懂，對吧？舉例來說，如果突然有人說『愛很美』，就會想『煩死了，我知道啦，但我沒興趣啦！』這樣吧？……就是這種感覺，如果自己不接受就永遠不知道的那種事情。」

「……」

「嗯，但是啊，如果妳真的很迷惘，就來找我吧。」

學姊說著，輕巧起身。

「我很期待喔，感覺妳們這一代會是妳和今井兩個人成為美術社的支柱。」

接著綾香學姊穿過邊開心談笑邊動畫筆的社員間，快步走向窗邊。

「今——井！」

今井同學坐在已經逐漸變成他專屬位置的後方靠窗位置，獨自淡然地素描石膏像，他如警戒心強烈的貓咪般狐疑地看著學姊。

「……妳膩了嗎？」

「嗯，我畫膩了！給我看……喔！感覺真不錯呢！」

今井同學不理她，默默繼續畫畫，綾香學姊根本不在意，邊點頭邊從稍遠的地方眺望。

雖然和今井同學同班，但我幾乎沒見過他和誰說話，他很沉默。平常就不太與人來往，社團活動時也總是一個人拉椅子到角落，不會說出必要之外的話，只是默默地畫到時間結束後回家。我覺得他應該不是討厭人類，看他的畫就知道。今井同學筆下的畫都栩栩如生，這是最好的證據。他的內心有一片廣闊的豐富世界，但人類太過脆弱，沒辦法將其用日常的話語表現出來。

社團結束後的回家路上。

夜晚從東邊擴散而來，街燈彷彿花朵盛開般一盞一盞亮起，剛開始轉暗的夜晚有股不安定的氣味，街道慢慢融入夜色。

腦袋一片寂靜。

走著走著，我覺得這世界的形狀相當不定。

就算是相同物品，也會因為時間、角度、配置、背景、光線照射的方法以及影子延伸的方法、光線反射、色彩相互作用與放大縮小的程度……等等各種要素而看起來完全不同。活用在繪畫上吧。我邊走邊化身為人類相機，朝著四處聚焦、散焦，不停擷取下每個景色收藏進心中。

偶爾吹起的風擄過街上的花朵隨之旋轉，輕盈地替春天畫下句點。

平交道警報聲「噹噹」響起，柵欄的信號燈開始閃爍紅光。

我在紅褐色的平交道前停下腳步。

柵欄慢慢下降。

橙色與藍色的精緻漸層中，小小閃亮的第一顆星，被伴隨轟聲疾駛而過的電車遮掩，一時失去蹤影。

電車通過，柵欄上升，警報聲停止，寂靜瞬間造訪。

走過平交道，走在民宅林立的住宅區中。聞到哪戶人家傳來咖哩和燉煮物的氣味，我抵達家門前，從書包拿出鑰匙，插進鑰匙孔。

「我回來了。」

一如往常沒有回應。我屏息朝廚房偷看，沐浴在血紅夕陽下的母親，在流理檯前如黑影還什麼一動也不動。雖然猶豫要不要出聲，我還是悄然無聲地離開，回自己房間。

打開窗戶，拿水桶到洗手檯裝水，打開素描本，想把顏料擠上調色盤。

紗希是個騙子啊。

綾香學姊的話突然冒出來，我停下手。過了一會兒，我把拿出來的道具收好。

人類崩壞時，絕對沒有「就是這個」的單一理由，所以肯定有很多事情相當困難吧。

「喂，醬油。」

晚餐時，母親的手放在桌上，呆呆看著電視。

「喂，我叫妳啊。」

父親的聲音有點不耐。我伸長手越過母親面前拿醬油，父親「唉」地大聲嘆一口氣。

「媽媽已經不行了吧。」

父親把醬油滴在炸竹筴魚上低喃。

「嗯？什麼？」

母親突然轉過頭，不自然地揚起嘴角輕輕歪頭。

「沒什麼。」

「什麼什麼？嗳，很好奇耶，嗳，什麼嘛，一貴。」

母親發出如小貓咪般甜膩的尖銳聲音。

「夠了。」

父親對我使了個富含深意的眼神，如果不稍微回應他的心情，他就會真的不高興，所以我曖昧地歪了個頭，伸手夾菜。父親邊吃炸竹筴魚，邊看著播報虐童案件的新聞畫面，沒有特定對象地說：

「啊啊……最近這種事真多……真過分，普通人根本做不出這種事吧。這些傢伙真是渣，沒資格為人父母。」

父親喝了一口發泡酒，突然想到什麼似地看我。

「紗希，妳今天中午吃什麼？」

「今天吃了紅豆麵包。」

「只吃那樣？」

「我們學校的紅豆麵包超級好吃的，上面還有醃漬櫻花……」

但父親粗暴地把發泡酒放在桌上打斷我的話，朝母親說出責難的話：

「妳啊，好歹也替紗希做個便當吧。在家當主婦，這點小事還做得到吧，她不是國中、國小了，可沒有營養午餐耶。妳懂不懂啊？」

「咦？什麼？」

母親又不自然地揚起嘴角。

父親咋舌後沉默，單腳不停抖動，把發泡酒酒罐捏扁。正好在此時，電視開始播出熱鬧的綜藝節目。

看著問答比賽獎品的高級牛排，母親說了一句：

「真好……我真想吃到吐。」

電視中大笑聲不斷，父親面無表情邊滑手機邊喝發泡酒，最後發出聲音離席。

「我去洗澡。」

剩下我和母親兩人，沉默的濃度變得更高。

母親的眼睛眨也不眨，著迷地看著電視。

我靜靜地離席。

打開廚房門，廚餘和餿水的酸臭味讓我屏息。幾十隻小蒼蠅在廚餘與堆滿流理檯的餐具上聚集，好幾隻慢慢地在空中飛翔。我朝流理檯上的窗戶伸出手，小動作帶來的風壓讓小蒼蠅輕巧地避過我的手臂。

打開窗戶後，新鮮的夜風和腐臭味混成一團。

盡量不摸到全部，我用指尖轉開生了紅色鐵鏽的水龍頭，把洗碗精擠在海綿上時，母親「嘎啦嘎啦」打開門探出頭來。

「紗希，妳不用洗，媽媽洗就好了。」

「嗯。」

「還有，不管發生什麼事情，媽媽絕對會每天替妳做便當。」

我慎重地看著母親。

想起剛剛父親說過的話，母親並沒有父親以為的遲鈍。

要現在的母親每天做便當應該很困難，已經可以看見母親的決心會破滅。到時母親會被自己說過的話詛咒，沒必要地過度責備沒辦法做便當的自己吧。但我該說些什麼好呢？

我含糊點頭，母親走過我身邊打開冰箱。

拿出裝有五、六片切片火腿的小袋子，撕開袋子後大口大口吃下整疊火腿，轉眼間吃完，立刻打開下一袋。

我靜靜走出廚房。

六月底，宣告午休時間開始的鐘聲敲響的同時，我離開教室單獨走過走廊。

走過穿廊，走進北側校舍。

幾乎所有學生都在班級教室的南側校舍或是操場上，午休時大概只有我會出現在有理化教室和美術教室的北側校舍。曬不到太陽的走廊飄散微涼的初夏空氣，彷彿來到另外一個星球。

打開廁所門，往裡面探看。

裡面空無一人，我鬆了一口氣，走進其中一間，打開便當盒。

我還以為母親很快就會放棄做便當，但到目前為止，她每天都會替我把香蕉塞進便當盒裡……我每次都想著吃吧，得吃下去才行，因為是她特地為我準備的。但是，我無法判斷便當盒上的黏稠物是塞香蕉時沾上的，還是髒汙。雖然對不起母親也對不起食物，我還是剝皮把香蕉切碎後沖進馬桶。看著香蕉沖走的罪惡感脹滿我的胃，湧起些微反胃感。

腦海中浮現今天早上吃掉好多根麵包棒的母親。

好不容易把這個影像趕出腦袋。早上出門時拿錢給我，對我說「要好好吃飯啊」的父親身影浮現腦海。感覺糟蹋了母親的心意也糟蹋了父親的心意，愧疚感讓我更加噁心。我咬下帶來的煎餅，花時間好不容易吃完一片，走出廁所。

最近感覺走起路來輕飄飄的。

彷彿細胞密度變低一般，身體空蕩蕩的不甚安穩。我國中暑假時曾經差點營養不良，現在和那時的感覺很像。

走在一樓，走上走廊底端的樓梯，走在二樓。我想要去空無一人的地方。走上樓梯，走在三樓，走上通往頂樓的樓梯。

在轉角處無意識抬頭，心臟頓時凍住。

今井同學在那。他靠坐在發出白色光芒的毛玻璃門扇上，一臉怪異表情地低頭看我。

「你在幹嘛？」

我一問，今井同學低頭看大腿。

「畫畫。」

他的視線前方有一本比筆記本小的素描本，他大概是為了將來、為了增進繪畫能力而使用休息時間。

「這樣啊。」

五月放完連假後，我完全沒去社團。我開始覺得尷尬想離開。

「清水同學。」

他從背後喊住我，我轉過頭，今井同學用他藏在過長瀏海後頭的眼睛看著我。

「妳已經不畫畫了嗎？」

原本想說「最近有點忙」或是「原本就沒那麼喜歡畫畫」之類的謊言，但看見他的眼神，我發現說謊大概騙不過他。

「……與其說不畫，倒不如說是畫不出來。」

我盡量平淡地說。我也不知道從何時開始，原本一直很喜歡畫畫，但當我發現時，我已經畫不出來了。

「這樣喔。」

今井同學別開眼，搔搔他的頭。

「那……下一次可以當我的模特兒嗎？」

「什麼？」

以為聽錯的我回問，他生硬地說：

「我想要素描人物，因為我沒畫過。」

我恍然大悟。

我不清楚專科學校是怎麼做，但普通高中的美術社團活動不可能聘用模特兒。如果想要素描活生生的人物，就只能看鏡子畫自己或是拜託別人當模特兒。

「嗯，好啊。」

我喜歡今井同學的畫，所以如果我能幫上忙，我願意讓他練習。

接著約好隔天放學後當他的模特兒。

隔天早上，我一如往常在客廳把牛奶和早餐穀片倒入紙杯中，從筆筒中抽出一個塑膠湯匙。

「噗」，我撕破湯匙薄薄的塑膠套。

「妳這傢伙，這種東西根本不是便當吧！妳也替別人想想啊。」

我聽見怒吼聲跑到廚房一看，只見父親把我便當盒中的東西全丟進垃圾桶裡。似乎是他不小心看見便當盒裡的東西。

「房子裡也是亂七八糟！啊啊，真是的……」

父親對著嘴角上揚，露出軟軟微笑的母親咋舌後，走出廚房。

我立刻追上去。

「爸爸。」

確認母親沒跟上來後，我喊住快步往前走的父親。

「爸爸，拜託你，別對媽媽說話太嚴苛啦。」

「啊啊？嚴苛？」

「媽媽已經不行了，我覺得媽媽現在心情很低落，所以……就算她什麼都做不到也對她溫柔一點啦。」

父親傻眼一笑。

「妳啊，我坦白說，妳媽那個是在演戲。」

「什麼？」

「妳有查過暴食症嗎？我查過……老實說，症狀完全不同，妳別動不動就隨之起舞，別管她。」

「……誰跟你說那是暴食症？」

父親停止動作，用毫無感情的眼睛盯著我看。

「我覺得想想辦法解決媽媽的問題比較好，要不然，會更……」

還沒說完就閉上嘴，因為感覺我和父親間的透明空間中，有什麼東西緊繃起來。父親幾乎用丟的把包包放在玄關。

「……紗希，我從之前就一直覺得，妳太過度反應了吧。妳面對事物的態度太悲觀了，現實在妳眼中比實際上更悲觀。」

拿起鞋拔，把腳跟塞進擦得光亮毫無髒汙的皮鞋內，父親邊背起包包邊疲憊地說：

「話說回來，也就是那樣吧？妳是想要說，會變成這樣都是我的錯，對吧？」

他粗暴地打開大門，刺眼到暴力的陽光讓我的瞳孔劇烈收縮。

在我什麼也無法回應時，穿著筆挺西裝的父親背影消失在朝陽中。

——放學後，我坐在自己位置上發呆時，今井同學喊我。

「那麼，可以嗎？」

「咦……？」

「啊……沒，什麼事也沒有。」

看著他慌張想離去，我才想起約定。

「對不起，要素描對吧，走吧。」

我跟著今井同學走出教室。

追在他瘦薄的背後走過穿廊，前往北側校舍。越靠近美術教室，我也越來越緊張。我已經一、兩個月沒去社團教室了，接著從走廊也可以聽見社員們和睦融融的談話聲。久違地聽見綾香學姊的聲音，不知為何我的胸口一震。

今井同學走進美術教室，發現我在教室入口前動彈不得，他立刻折回來。

「快來啊。」

「——不可以在別的地方嗎？」

我的聲音稍微變尖。

我已經承認現在的自己無法畫畫，但無法走進美術教室給我很大的打擊，我沒想到我竟然拒絕繪畫到這種程度。

今井同學表情不變地對呆站不動的我說「等我一下」，拿著畫架、素描本、幾枝鉛筆和軟橡皮擦回來。

「來這邊。」

他經過我身邊快步走去。

「……你要去哪裡？」

我困惑地跟在他後面走。

「嗯。」

今井同學邊說出算不上答案的回答，不停往前走。

接著我們走過才剛經過的穿廊回到南側校舍，經過二樓的二年級教室，打開連通道的門，那邊有一整排名牌空白的教室，確認那邊空無一人後，今井同學打開其中一扇窗。窗戶嘎啦嘎啦打開。

今井同學一臉理所當然地把繪畫工具拿進教室，身體流暢地閃進教室後關上窗，過沒多久聽見喀嚓一聲，教室門從內側打開，今井同學看著啞口無言的我說：

「進來。」

我聽從指示走進無名教室中，在今井同學鎖上門時眺望教室。這裡比普通教室小上兩圈，被太陽曬成淡黃色的窗簾柔柔地接下陽光，教室裡累積了熱氣，有股太陽的味道也有股灰塵味。

「這裡是……？」

我一問，今井同學生硬地說：

「老師們沒有發現。」

大概是說完才發現根本沒有說明，今井同學瞪著空中補充：

「大概三週前……吧，我在找安靜地點時經過這邊。那邊的窗戶，剛好有個不明顯的縫隙，我試著拉就拉開了。」

他邊說邊把畫架隨意放在一張桌上。

「忘記鎖好門窗嗎？」

「大概吧。」

「這邊為什麼不用了啊？」

今井同學不理會這個問題，看了我一眼。

「坐下。」

「怎樣的感覺坐在哪？」

今井同學停下把素描本擺上畫架的手，直直看著我，接著別開視線說：

「在妳喜歡的地方用妳喜歡的感覺。」

傷腦筋了。

我沒素描過人物，今井同學也說他是第一次。我迷惘地穿過桌椅的縫隙，像是和坐在教室入口旁的今井同學成對角線般拉開窗邊的椅子。

怎樣的姿勢比較好畫呢？比起正面，肯定是稍微有點角度比較好畫吧。手該擺哪呢？手大概會變成掌握全身位置關係的目標。我多方思考後，讓自己面對今井同學稍微偏移中心線坐下，手在腿上擺好。

「……可以嗎？」

今井同學一問，我把視線定焦在他左側椅子上後點點頭。

「可以了。」

表情立刻從今井同學臉上消失，並非面無表情，而是把多餘的東西丟掉，變成「繪畫者」的表情。

今井同學對著我將鉛筆擺直，接著又擺橫。

一瞬間的靜止。空氣突然緊繃起來。今井同學的手臂彷彿指揮者揮出指揮棒一般，開始流暢地在素描本上滑動。

無聲的教室裡只有鉛筆摩擦畫紙的聲音響起。

我靜靜不動地待在這裡，卻無法完全靜靜不動。

我的內心無比騷動。好驚訝，對於無法動彈這件事。我沒想過這點小事竟然如此辛苦。肯定連五分鐘都不到，但我的指尖、脖子、全身都開始僵硬，身體所有細胞開始高聲抗議。

還得維持這個姿勢多久呢？

這房間沒有時鐘，就算有，我想我也沒有辦法移動視線吧——之前就覺得今井同學對畫相當嚴苛，即使如此，今天的他給人一種令人畏懼的感覺，讓我連眨眼都躊躇。

經過幾分鐘了呢？

突然，圍繞在今井同學周遭的空氣混亂了，他的額頭冒出汗來。我覺得他陷入苦戰了，而且不知為何相當焦躁。他的焦躁透過安靜的空氣傳達過來，第一次素描人物當然不可能馬上畫得好，但他到底是在焦躁什麼呢？

我知道彼此都在激烈地磨耗著。

我希望快點結束。但不知為何，沒辦法自己說出口。我動員全身的神經固定表情，只是坐在那邊。無時無刻更新「已經不行了，已經到極限了」，只是靜靜坐在那邊。

——在那之後又過了多久呢？

今井同學突然停下手。

接著，遠方傳來腳步聲。

「躲起來。」

今井同學連同畫架躲到桌子底下，我因為動彈不得的影響沒辦法好好動作。不自在地把嘎吱作響的身體蹲到桌子底下，我覺得血液突然流出來，全身細胞也跟著鬆弛。直到腳步聲經過為止，都保持從走廊看不見自己身影的姿勢屏息。

「好，走掉了……」

等到誰的腳步聲遠去後，今井同學輕聲站起，我也想起立卻沒辦法做到，全身僵硬，手臂還微微發抖，看見這個後，不知為何眼頭發熱。

在我想「啊，糟糕了」的同時，今井同學朝這邊看。

「——清水同學？」

「嘿嘿，坐著不動讓我想睡覺了。」

我邊注意別讓聲音顫抖邊裝出打哈欠的姿勢擦拭眼睛，今井同學露出非常傷腦筋的表情。

「等等我。」

說完後他走出教室。

今井同學的腳步聲離去，獨留我在夕陽下的無名教室中，突然覺得鬆了一口氣，淚水直流。

幾分鐘後，今井同學拿著兩罐鋁箔包裝的草莓牛奶回來，沒看我就把其中一罐塞給我。

「這個，謝禮。」

他坐在遠離我三個位置的座位上背對我，插好吸管後喝下自己的草莓牛奶。

「謝謝你。」

初夏的太陽漸漸下山。在充滿塵埃溫柔氣味的無名教室中，我插好吸管喝下草莓牛奶。

——好甜。

我偷偷看了今井同學一眼。看起來柔順的頭髮、形狀好看的耳朵，被夕陽輕柔地描繪出形狀。看著他的背影我突然發現，我一直以為自己今天是為了他當模特兒，但其實是相反。

他肯定是用他的方法來關心無法去美術教室的我，才會喊住我。

緊繃的情緒瞬間鬆緩，胸口灼熱。

今井同學盯著窗外看。

情緒脹滿胸口，讓我無法一口飲盡，我花時間小口小口地把草莓牛奶喝完。

回到家時，母親在門口等我。

「妳過來這邊。」

看見她急切的樣子，我乖乖跟上去。

「坐下。」

我照著母親指示在客廳抱膝坐下，但母親命令我：「跪坐坐好。」

……說我心中沒有抗拒肯定是假的。

但母親的個性一旦說出口了，不看見我服從絕不罷休。就算逃跑，我今天、明天、後天，一直一直要在這個家裡生活下去，與其現在拒絕讓她更憤怒，早點結束比較好。

我跪坐後，母親雙手環胸，雙腳大開站著。

「教訓」開始了，我心想「最近已經很少了耶」。

教訓我時的母親，大抵都放任自己憤怒的情緒迷失論點，最後連她自己也搞不清楚在說什麼。而大多數情況我都沒有錯。我如此認為。母親不是因為想生氣而生氣，她想要教訓我，通常都是累積太多壓力的時候。這種時候，她常常想找個什麼正當理由來罵我。老實當真只會讓自己的心崩壞，所以我不會當真，裝出我誠心受教的反省態度，滿足她身為父母的自尊心，肯定她身為母親的存在就好了。我是這樣想的。

「今天早上，妳對一貴說了什麼？」

第一句話就出乎我的意料之外。

「我在問妳，妳今天早上對一貴說了什麼？」

「……沒說什麼。」

邊回應，我可以感覺全身血液逆流。

「什麼『沒什麼』，妳一定對一貴說了我很奇怪對吧！」

全身開始冒冷汗。

「才沒——」

母親撞飛我。我失去平衡，耳朵後方和肩膀撞到桌腳，當我回到原本姿勢時，母親打開餐具櫃。

「都是因為妳害我被他覺得很奇怪啊！」

「叩」的一聲，我反射性舉起的右手一陣痛。

是盤子。

大概是手臂吸收了衝擊，母親丟過來的盤子沒有破，彷彿陀螺失敗品「框啷框啷」沿著盤緣在地面打轉。

……斷了？

感到麻進骨髓的刺痛，一種似熱又似冷的奇怪感覺。但骨頭沒有斷，雖然麻掉沒有感覺，我的手指還能動。

母親一瞬間對自己做出的行為感到不知所措，但下一個瞬間她又情緒激昂起來地說：

「奇怪的人是妳！知不知道啊！喂！」

人類情緒激動時需要的不是正確言論，而是看好時機先屈服，而該屈服的人總是心靈堅強的那一方。

母親和我相比，堅強的絕對是我。

「對不起。」

為什麼呢？平常明明可以好好做到的啊，現在喉嚨卻哽住了沒辦法好好出聲。

「聽不見啦！說大聲點！」

我看著隨時會崩潰的母親的眼睛，再說一次：

「對不起。」

母親惡狠狠地瞪著我，但她最後抓過一整條土司，貪婪地吞食。

『我真想吃到吐。』

——我第一次聽到這句話時，感覺這是母親給父親的訊息。「擔心我吧、更愛我一點」的訊息，長年累積在母親心中的鬱悶心情無處可去尋求著出口，接著轉變為話語與行為表現出來。但父親對母親行為的解釋和我完全相反，父親說母親是在演戲。

我也不知道什麼是真的，但無論如何。

噯，妳這種吃法會搞壞身體啊。

母親瘋狂地不停進食。

我擔心得心都要被壓碎了。

我知道這很卑鄙。

但我無法繼續看她那樣而逃出客廳，晚了一會兒，我聽見「嘔噁噁」的激烈嘔吐聲，那是「誰來救救我啊」的聲音。我遮住耳朵，急忙從自己房裡拿洗筆水桶到洗手檯裝水，回到房間打開素描本。

朝上面胡亂塗色。

顏色散落在畫紙上，我用無數的顏色不停地塗抹著純白的畫紙。用美麗顏色、線條不停地覆蓋住現實。水沒過一會兒就變得混濁，半乾的顏料在畫紙上如鮮血般發出光彩。

突然，我的畫筆陷入迷途。

突然湧出嘔吐感，我蹲下身猛咳。就這樣靜靜不動，嘔吐感也慢慢減退，我再次拿起畫筆。

接著停止動作。

……我不知道終點在哪。彷彿筆尖不管在哪邊下筆都不正確，我感覺自己正在做一件相當沒有意義的事情。而且，右手陣陣作痛……疼痛彷彿從手上轉移，我的頭頂、太陽穴，從內側往外擴散陣陣作痛。

雖然事出突然，我為什麼會拿慣用手去擋啊。拿左手就好了啊，右手是我身體中最重要的部位耶。

……不，不對。

是「曾經」很重要。

我想要用畫帶給人幸福。想要畫出溫柔、溫暖的畫，希望那可以讓誰的心情稍微溫暖一點。我一直以來都以此為目標。

但是，其實我知道。

舉例來說，說說話、溫柔拍拍背，有很多方法可以理解他人的心。但我沒有這麼做，逃離眼前的人，逃離母親，祈求著根本沒見過的誰的幸福、溫柔世界，好不容易才能拿起畫筆。

『紗希是個騙子啊。』

綾香學姊的聲音突然浮現腦海。

真的如她所說，我是個騙子。連身邊的人都沒辦法好好珍惜，怎麼可能畫出溫柔的畫。

我只是想要逃離現實而已。

想起綾香學姊，看起來樂天、對他人的情緒很敏感，體貼他人的心情自然地伸出援手。

但其實，我根本不想要畫畫，我只是，想要成為和她一樣的人。

鑽進被窩。

雨聲覆蓋黑夜。

……睡不著。

雨滴敲打屋頂的聲音越來越響。

腦袋陣陣作痛。

我在被窩裡用力縮緊身體，窗外慢慢轉亮。

陣痛不知何時停歇，接著換成腦袋有種奇妙空蕩的感覺。不僅是頭，連身體都空蕩蕩、輕飄飄，我的手、手臂、腳，感覺全部都無力沒有真實感。我害怕見到父母，比平常更早做好準備出門，在被雨淋濕莫名明亮的天空底下邁出腳步。

差點低下頭，我努力忍住抬起頭。

——不管發生什麼事都不低頭。

這是我心中雖小卻絕對不願妥協的原則。

低頭等於輸給自己，只要低頭一次，就會一口氣跌入黑暗絕境。

而且只要抬起頭，每天肯定都可以見到美麗景色。這世界上充滿美麗的事物，連我也能保證無論何時都有美麗景色。所以沒問題，我還能走下去……景色之所以會奇妙扭曲無法進入腦內，大概是我稍微有點疲倦吧。

點點排列在彎曲電線上的其中一個透明水滴，將世界濃縮在圓滑的表面中，滴落柏油路後彈起。

此時我突然發現前方有三個女孩並排走過來，她們三人都撐著傘，如一道牆朝我逼近。而且她們光顧著聊天，沒有人想讓路。

為了把路讓給她們，我走下車道。

「撲通」，鞋子濕了。

一看，那邊有一灘髒水窪，混濁的水窪表面正倒映著天空，那時，我的耳膜像被不透明的液體覆蓋，出現沙沙的雜音——出現奇怪的耳鳴。

耳鳴的那頭，遙遠處傳來喇叭聲。

抬頭一看，有輛車急速朝我逼近，那輛車似乎為了閃避停在右側路邊的車子而大幅遠離車道。

腦中閃過「啊」的念頭。

我搞不太清楚是誰有錯或是沒錯。

但是大概，很少人是以想傷人為真正目的而傷人吧。殺人這件事，比起一個戲劇性的事件，更應該是無數細小的無意識以及小惡意累加堆積出來的。肯定是這些東西層層交疊互相影響，才會突然超越了一條線發生「什麼事」。

——路邊停車的車主，比起擋住別人的道路，更加重視自己方便，閃避車輛的司機比起安全駕駛更重視時間，女孩們比起讓路更重視和朋友們聊天，沒特別重視什麼的我只能呆站在那邊看著朝自己衝過來的車。

司機露出「啊」的表情。

那是完全明瞭接下來會發生什麼事的表情，同時也是完全無法掌握狀況的表情。他看起來不像壞人。看見男人在擋風玻璃那頭抽搐的表情，我心想「啊啊，我正要毀壞這個人的人生」，或許我還有辦法逃開，但我沒有動。

對不起。

總覺得我已經，不行了。

接著迎接巨大衝擊。

◇

我用指尖輕敲桌面，春人同學抬起頭來。

我把報紙滑過桌面朝他靠近，他也把身子靠過來，湊上前看我手指的報導，稍微挑眉。彷彿連不能發出的聲音也全部託付給表情，反應比平常還大。他這份規矩的模樣讓我覺得好笑，也有點開心，我忍不住笑出來，他點頭說著「這個報導很有趣呢」，讓我不禁想說「不是報導，是你很好笑」，但我沒說出口而是藏進心裡。

日光燈的白色光芒，低沉的空調聲。

柔軟材質的地板，許多厚重書籍，連細微聲音也全部吸收的寧靜圖書館資料室。在舒心的嚴肅氣氛中，春人同學的氣息比平常更加濃郁。我想要多感受一些，所以盡量不擾動空氣地輕輕翻閱報紙。

翻閱、翻閱、不停翻閱之時，春人同學的頭突然往旁邊偏。

春人同學平常相當可靠，但他現在彷彿小孩，拚命地眨眼想要與沉重的眼皮對抗。

「睡一下吧，我待會兒叫醒你。」

我小聲說完，他輕輕點頭後，把手當枕頭趴下去睡。

我在睡著的他身邊繼續翻報紙。

雖然想著一直看他也不好，但還是忍不住看了。被手臂遮住一半的側臉，從肩膀到後背筆挺的漂亮曲線，不知是睡亂了還是騎自行車時被吹亂，後腦杓有撮頭髮翹起來，讓人想要伸手偷偷替他理好……如果可以做到不知該有多好。

春人同學是個不可思議的人。

他在我身邊，後背緩慢上下起伏沉睡著。僅僅如此，僅靠著這細微的動作和細小的鼾聲，就像替空間鬆土般，讓整個空氣柔軟起來。連我的心情也鬆軟軟地變得柔軟。側眼看著沉睡的他，我呆呆地想著。

如果我——

*

「撲通」，腳邊傳來水濺起來的聲音。

魚翻了個身，在河中逐漸游遠。

——水面波光粼粼。

記憶的碎片消失在搖搖晃晃的白光馬賽克之間。

……這已經是第幾次了？就這樣埋沒在記憶中發呆。

在我重新緊緊抓住橋的欄杆時，就像沙漏的最後一粒沙落下，我的腦袋變得一片空白。

四處的草叢以及樹葉沙沙晃動。

視線突然出現陰影，抬頭一看，白色、輕飄飄、無依無靠的雲朵遮住太陽，邊改變自己的形體邊慢慢流動。風吹過，在河面掀起細刺般的藍色毛邊，接著風平浪靜。

我抓住欄杆的手使力。

——那天，和春人同學一起去圖書館的最後一天，我想了一下。

如果我沒有辦法消失，只能這樣永遠徬徨，但如果那會是這樣的時光，或許就這樣下去也不錯……希望現在這樣的時光可以永遠持續下去。

我想了如此自私的事情。

不見春人同學過了一段時間的現在，我還是會想，如果那時，沒有找到「那個報導」，或許我現在也不會獨自一人站在這裡懷念回憶吧。

太陽露出頭來。

光線延伸，將河川、樹林、樹林伸出的枝葉、遠處的城鎮都染上一片光明。我很熟悉那片光下的風景，祖父母的墳墓、朋友的家、就讀的學校、每天走過的上學路、小時候常去玩的公園、常光顧的文具店——我無意識地伸手去觸摸左手上的手錶。

亮藍色的塑膠手錶，我看了看錶上透明的錶面。

上午八點五十分。

突然感覺有人喊我，我轉過頭。

左右被樹林包圍的古道……空無一人。

道路深處，從被風吹得沙沙作響的樹葉間流瀉下來的陽光中，有什麼東西在動。

流線型的小身體和細長的腳，是鶺鴒，才這樣想沒多久，另一隻鶺鴒彷彿穿過光帶細縫飛下來般在旁邊落地，兩隻鶺鴒輕輕蹦跳著並肩行走。但那也只有短短一會兒，遠遠無法分辨是原本就在地上走的鶺鴒還是之後才飛下來的鶺鴒，其中一隻朝遠方飛去。在我發呆之時，另一隻也在不知不覺中消失。

——得動身才行。

看著白色發光的無人道路，我這樣想著。

得動身才行。

我有需要守護、沒能守護的人，那個人——母親，現在這個瞬間應該也在等待誰的幫忙，我得要去幫她才行。

但我的身體使不上力。

突然笑了出來，明明一點也不好笑啊。

因為在資料室找到報導而想起過去，和春人同學分別，走到家鄉的邊緣來，無數次對無法走進去的自己感到失望的同時也發現，我肯定沒有辦法結束吧……或許，我根本「不想要幫助」母親。無法動彈也就表示這個意思吧。

風吹過，樹林隨之膨脹並沙沙作響。

輕輕撥開掉到眼前的頭髮。

風止。

——河面波光粼粼。

無數的水鏡將傾瀉而下的太陽光分解。

好刺眼，刺眼讓我發懶，靠在欄杆上閉上眼。

……我什麼都不要，只想要就這樣消失。我打從心底如此冀望。

但那辦不到吧。

我沒辦法好好珍惜最親近的人，沒有好好面對應該要好好珍惜的人，就這樣下去，我肯定消失了也不能解脫。

我是個冷淡的人，是個悲哀的人。

而這肯定是責罰。

鏗鏘！

突然響起一個震破耳朵的聲音。

我嚇了一跳轉過頭，橫倒在橋邊的自行車後輪，銀色的細輪框像要擄走光線般，發出嘎啦嘎啦聲空轉。

「ＳＡＫＩ？」

明亮的日光中，熟悉的人闊步走來。

我忍不住往後退，呢喃著那應該不會出現在這裡的名字。

「……春人同學？」

◆

——終於找到了。

我的心臟膨脹到幾乎心痛，怦怦打在肋骨上。我丟下自行車，朝ＳＡＫＩ身邊走去。雙腳互絆差點跌倒，不知是太奮力踩自行車還是因為太緊張，我的手腳發麻不聽使喚。

濕潤的泥土以及草皮散發的熱氣。

充斥著水的氣味。

整個河面無數白色閃爍的光芒刺痛我的眼。

沒什麼感覺的腳使力，踏上橋面。真的，真的是靠著小小的線索，終於……我終於找到這裡了。

站在呆傻且動也不動的她面前。

水面反射的光芒在她不知所措的黑瞳中細微搖晃，細微的光與影交織成的細膩輪廓，手腕上的藍色玩具手錶。

是ＳＡＫＩ，這不是幻覺。

「……太好了，見到妳了！」

她沒有消失。

當我吐出哽住的氣那一瞬間，雙腳無力，我的手撐在橋面上。

太好了，趕上了。我現在才開始發抖，某種溫熱的東西和汗水一起湧上，滴答落在橋面上。

我用袖口擦拭眼角。

一滴落下後，後面就無從阻止起。

「——你怎麼了？發生什麼事了？」

ＳＡＫＩ客氣委婉地問。

「什麼『發生什麼事』……妳認真的嗎？」

她擔心的語氣讓我心中的什麼東西斷掉了。

「是妳先莫名其妙不見的吧！妳……總是這樣，這樣裝做關心別人……把自己的事情擺後頭……不拿出自己的真心！妳對人，對我，從來就沒說過一次真心話對吧！」

我邊擦拭流出的淚水，無可抑制地怒吼。

「如果要離開，至少先告訴我理由啊！」

ＳＡＫＩ動也不動。

我的聲音空虛地被白色發光的景色吸走。

自己粗亂的氣息相當大聲。

我緊緊握住幾乎顫抖的拳頭，嚥下口水。

慢慢地讓急促的喘息緩和下來。

豔陽下的她看起來很悲傷。

她靜靜地用悲傷眼神注視著我。

——「SAKI到底想起了多少往事呢？」

她會不發一語地離開肯定有什麼原因，現在這樣沉默肯定也有理由。我咬緊牙根。都到這種時候了，我還想要從她身上尋找逃離的理由。

「……對不起。」

邊說，我感覺自己的脈動越變越快。

「其實那時候，最後去圖書館的那天我已經發現了，妳的樣子有點奇怪……但我裝作沒有發現，感覺只要說出口，妳就會消失，我大概很害怕吧。」

我打開包包。

手伸進包包時被文件夾邊角刺到，我從文件夾中拿出折成一半的紙張，遞給SAKI。

「妳打開來看。」

她沒有動。

「——打開。」

我再次催促，SAKI輕輕伸出手，打開折起來的紙張。

全國高中綜合美術展　優秀獎『十六歲的妳』

作者　◯◯高中一年級　今井步

ＳＡＫＩ看我。

那是幾天前，我在圖書館找到的新聞報導的影本。

◆

河面波光粼粼。

大概是領悟已經無處可逃，我們並肩坐在河岸旁，ＳＡＫＩ抱膝看著遠方，說起她活著時的事情。

喜歡畫畫，媽媽的狀況一直很不好，她很想要做些什麼，結果什麼也辦不到。

她平淡地述說著這些。

在不停說話的她身邊，不知為何讓我想起祭典當晚的事情。微亮的黑夜、點點成串的燈籠光明、來往人潮、喀啦喀啦的木屐聲、人潮的熱氣與風聲一般的嘈雜聲……遠離祭典會場時，明明和ＳＡＫＩ走在同一條路上，卻沒有一起走的感覺……

在她說完時，我想不出來該說些什麼，但感覺勉強說出什麼也不太對，我點頭應和「這樣啊」。

她也沉默地點頭。

風一吹來，青草沙沙地柔柔彎身。

兩人一起沉默，不可思議的是完全不感到焦躁。在這之前，我和ＳＡＫＩ共享了許多沉默，但感覺現在和先前的沉默性質完全不同。

漂浮在澄清透明高空中的白色雲朵，閃亮亮從小石頭上奔馳而過的透明流水。從遠處吹來的風和變得相當柔和的明亮陽光溫柔輕撫肌膚，明明沒有指揮者，四處響起的蟲鳴不可思議地諧和。

聽著在清新空氣中拉長又消失的蟲鳴，當我發現「啊啊，夏天要結束了啊」時，ＳＡＫＩ開口：

「第一次見到春人同學的時候……一開始啊，我只是想要消失，想要請你幫我……我覺得實際上就是那樣。」

她盯著新聞報導的影印說。

「但從中途開始，我搞不清楚了。與其說我想要消失，我只是……或許只是想要走在你身邊而已吧……如果是那樣，我覺得那是件相當恐怖的事情。」

ＳＡＫＩ輕輕發抖，就和我第一次見到她那時相同。

當我發現時，我已經伸出手了。

從她的掌心拿過報導的影本，撫平皺褶後重新看報導。

——我到圖書館去找讓ＳＡＫＩ目不轉睛的報導，之所以立刻知道是這篇，是因為她就被畫在上面。作品中的ＳＡＫＩ坐在教室椅子上，靜靜看著這邊。那幅畫彷彿將圍繞在她身邊的空氣整個複製進畫中，明明地點和姿勢都不同，坐在教室椅子上的ＳＡＫＩ和現在在此無法動彈的她莫名交疊。

一直看著這個，突然，我知道該怎樣做什麼了。

老實說，我也不知道自己為什麼知道。或許是因為這個夏天一直近距離看ＳＡＫＩ，也或許是因為她現在在這裡無淚哭泣著吧。但我也覺得不僅僅是因為如此。

正如我有我自己的故事，ＳＡＫＩ也有她的故事。舉例來說，我在哪裡看著雨天時，和朋友吵架時，母親過世時，ＳＡＫＩ也在這個世界的某處；ＳＡＫＩ在畫畫時，在哪條路上停下腳步時，我也在某處做著什麼。大概是這些我至今看見的東西，以及她至今所見的東西交疊累積，如同一點一滴累積的水從容器中滿溢而出般，我的心中也有什麼東西流出來了。

「——好。」

我把報導折起來收進包包裡站起身。

「走吧。」

ＳＡＫＩ露出被逼入絕境的表情。

「等等……那個……對不起，我辦不到。真的辦不到……那會給你帶來困擾，而且我是幽靈，會把狀況搞得更複雜。」

幾秒後，我才理解她想要表達什麼。

「別擔心，我沒有要去妳家。」

看來她以為我要陪她回家，我心想「還真有她的風格呢」，一瞬間差點笑出來，下一個瞬間變得想哭。

她自己不清楚嗎？她沒辦法消失的真正原因。

啊啊，但是……

或許因為是ＳＡＫＩ才不知道吧，這是她的優點也是她的缺點，是她死掉的原因，也是她遲遲沒有辦法消失的原因。

「嘿，ＳＡＫＩ。」

我輕輕吸一口氣後蹲在她身邊，抓住她的手。

「妳可以逃開沒關係。」

ＳＡＫＩ嚇了一大跳。

「但是……」

她露出至今最為困惑的表情。

「如果是你，你會怎麼做？」

「什麼怎麼做？」

「如果你的父母跟我家的狀況一樣，你能捨棄他們嗎？」

我的腦海中浮現父親，還有母親的身影。

「我想要理解妳，但因為前提太過不同了，如果當作自己全部理解來說話很不負責任。但是，我最先會想要保護自己，也認為應該這麼做。那之後該怎麼做，不遇到也不清楚。只是，我認為那不算捨棄。」

她看起來還在躊躇。

「別管了，走吧。」

我拉著ＳＡＫＩ的手站起來，她雖然猶豫也跟著起身。確認她站起來後，我領著她往前走。

「等等。」

我牽起倒在橋邊的自行車，拍掉後座的塵埃，當我想轉過頭對她說「好了，上車吧」時，分心了。

ＳＡＫＩ背對我站著。

看似正在看遠方的城鎮。

我也跟著一起看那個城鎮，那是養育ＳＡＫＩ長大的景色。

淡藍色的山影。

豐富綠意，從縫隙間隱約可見住宅區。

她的秀髮隨風輕輕搖擺。

「——走囉。」

我喊了一聲，ＳＡＫＩ過了一下子，朝著什麼東西彎腰鞠躬，接著轉過身走過來。

「上車吧。」

確認她坐上後座後，我腳蹬地面。

「吭」地一聲踩下踏板，我們兩人離開此處。

講到「接下來要去哪」時，我腦海中想到的地點和ＳＡＫＩ說出口的地點完全一致。

穿過好幾條小路，前往目的地途中經過大河沿岸的道路。騎上堤防，舒服的清風吹拂下，我們在視野廣闊的道路上前進。

途中，我們決定走下堤防休息一下。

牽著自行車走下帶著裂痕的和緩柏油斜坡，把自行車停在角落，小心不讓散落四處的大小石頭絆倒。配合心不在焉很是危險的ＳＡＫＩ步調，兩人慢慢靠近河川。

這條河雖然很寬大，但是不深，流速也很緩慢。

我用力舉高雙手，毫不保留地「嗯～～」伸展，放鬆自己從一大早騎自行車到現在的僵硬身體。

透明的空中，許多蜻蜓輕飄飄地飛翔。

我突然想到什麼，放下雙手環視腳邊。

「春人同學，你在找什麼？」

「石頭，盡量扁平的。」

「……這個呢？」

「嗯，正合適呢。」

接過ＳＡＫＩ拿給我的扁平石頭，我稍微彎身，左腳朝河邊跨出去，邊跨步邊移動重心，「咻」地一聲揮臂轉動手腕。

一次、兩次、三次，……石頭在水面上彈跳飛行，第六次時掉進河裡。

餘韻波紋在河面上擴散開。

「好厲害。」

SAKI的眼睛閃閃發亮。

「我也要玩。」

她雀躍地撿起腳邊的石頭，露出認真表情。

——我也不知道是怎樣丟才會變成那樣，SAKI丟出的石頭朝旁邊飛出去，和其他石頭碰撞發出清脆的喀嚓聲。

我一笑，SAKI很丟臉地咬唇。

「因為我是幽靈啊。」

「不對，這和那沒有關係吧。」

我忍不住吐嘈，接著想起她剛剛看起來相當危險的腳步。

「妳該不會是運動白癡吧？」

這讓我好想調侃她一下，但SAKI變得十分沮喪。

「對不起、對不起啦。」

我一焦急，她不知為何似乎有點開心。

「有什麼訣竅嗎？」

聽她一問，我想起父親小時候帶我到河邊教我的事情。

「挑選扁平的石頭比較好，然後就是……石頭離手的時機吧。」

會往旁邊飛出去，就代表石頭沒有在該離手的時機飛出去。其實還有更多訣竅，但一次說完也沒用，她最先得要讓石頭可以直直飛出去。

我們一個接一個地丟石頭。

河面出現了無數的美麗幾何學模樣後又消失。

好久沒有這樣單純玩耍了。

SAKI在我的眼前歡笑，可以看見她不停變換表情，看見她這麼多種表情，讓我覺得有點開心。

隨著太陽逐漸西沉，天空的顏色也慢慢改變。

丟石頭丟累了，我們兩人就並排坐著眺望被夕陽染紅的河川，

「石頭的名字會因為大小不同改變喔。」

SAKI突然想起什麼開口說。

「我記得好像有清楚定義幾公厘到幾公厘大的叫什麼，但記不得詳細了。粗略來說……大的叫岩，小的叫石，更小的是礫，再更小的是砂。」

「這樣啊。」

「這些肯定是礫或是砂呢。」

ＳＡＫＩ邊說邊摸地面。

我隨意輕輕捏起岩石粒子，那一小撮粒子中，有黑、灰、土黃、粉紅等許多種類，但我頂多知道透明的石英而已。

「還有，這個——」

ＳＡＫＩ撿起樹枝，在地面寫文字。

清水紗希。

「我的名字，清水紗希。」

「這樣啊。」

我盯著文字看。

「原來ＳＡＫＩ叫做清水紗希啊。」

紗希點點頭，咧嘴一笑。

西沉的太陽即將要碰到山邊了。

我邊看著這一幕邊想。

——明天紗希也會在我身邊嗎？

或許後天、大後天、大大後天，只要我想見她就能見到她。但是，五年後、十年後，二十一歲的我、二十六歲的我，肯定不會和紗希在一起吧。也不會像這樣毫無意義地丟石頭胡鬧。

總有這種感覺。

感覺無法靜靜不動，我站起身拿起闖入視野中的扁平石頭。

「……假設有個喜歡的人。」

「？」

紗希不可思議地抬起頭看我，我別開眼，拍開石頭上的沙土。

「然後對方也奇蹟似地喜歡我。」

「──嗯。」

「我覺得不可以為了那個人而活著。」

「為什麼？」

「因為那個人總有一天會離開。」

我丟出石頭。

石頭從指尖離開的瞬間，有種全部恰如其分緊密結合的感覺。

「啊！」

紗希小聲地喊。

石頭在暮色河面點點彈跳後，發出「喀」的細小聲音，抵達對岸。

金色的波紋隨著水流消失。

眼睛對上後，紗希說：

「──到對岸去了耶。」

「嗯。」

「太棒了。」

看著笑瞇眼的紗希，我的胸口充滿感動。

河川毫無停歇地往前流逝。

金色、紅紫與藍色互相交融的天空，星光點點現身。是光線在惡作劇嗎？天空和河川的界線越變越淡，遠處可見的橋、樹林、河岸的黑影，變成了彷彿三百六十度的幻想剪影。

「好美。」

紗希如此說。

「嗯，好美。」

我輕輕握住她的手。

我們牽著手，直到太陽完全下山前，都看著天色不停變化的這一幕。

「那個，春人同學。」

我們再次騎上自行車在堤防上前行時，紗希小聲說。

「嗯？」

「一定很遠吧，就算你看到報導知道學校名字，要找到那個地方應該費了很大功夫吧？我也不見得在那個鎮上。謝謝你特地來找我。」

我搖搖頭。

「一開始啊，我以為妳會在鎮上。但是仔細想想，妳很喜歡河川，所以啊，其實也沒太辛苦。」

「但是，謝謝你。」

我反射性要搖頭，但立刻轉念。我想要好好接下紗希的心意，點頭後，淚水突然湧上來，我咬緊牙根打直腰桿避免被她發現。

「──先前也曾問過。」

「嗯？」

「……春人同學為什麼要陪我啊？」

「其實我自己也不是很清楚。」

是為什麼呢？

「只是，第一次見到妳那天是我母親的忌日。」

我開始述說。

小學四年級時母親突然過世，以那天為界，日常生活完全改變，母親離開後的日子變成新的日常，然後開始習慣這件事……其他還說了許多，想到什麼就說什麼。

我說完後，「這樣啊。」紗希輕聲低喃。

那之後，我們沉默了一段時間。

載著坐在後座的紗希，騎過養育我長大的城鎮。

站前道路的商店街、紅色鳥居和小祠堂、白色牆壁的柑仔店、運動用品店、以前就讀的小學……

很不可思議地，我的視野好清晰。

如鑲上珍珠般一個一個浮在半空中的白色街燈、經過身邊的車燈、過去誰為了不讓人在這邊迷路而樹立的古老路標、閃爍的燈號、替城鎮運送光明的好幾條黑色電線，連平坦的地面也看得一清二楚。

穿過住宅區，騎在田間小路上——接著終於抵達我們熟悉的那座橋。

我把自行車停在橋邊，讓紗希下車。

清新的夜晚空氣中充滿了秋蟲互相叫喚的聲音，她凜然站立的姿勢，一瞬間讓我說不出話來。

「——明天是週日，可以約早上九點在這邊見嗎？」

我勉強擠出一句話。

「嗯，麻煩你了。」

紗希點點頭。

接著像是有話要說地抬起頭。

我放鬆握著自行車龍頭的手，等她。

「春人同學。」過了一會兒，紗希看著我說：

「將來你感到寂寞時，我沒有辦法在你身邊，但現在這個瞬間，我為你祈禱。請你千萬別忘記，曾經有人非常重視你——在我消失之後，也請你務必把我的祈禱帶到生命最後。」

「……謝謝妳。」

看著站在橋邊的她，我突然發現。

紗希或許會消失。但即使紗希消失了，我大概、肯定沒有辦法回到認識紗希之前的自己。紗希的存在，她帶來的影響已經無可救藥地編織入我的人生中了。

「別擔心，我會好好帶著。」

她消失到底會是怎麼一回事，不到事情發生我也無從得知。但我想要好好帶著走下去。

開心的事情，悲傷的事情，她的心情，全部。

我跨上自行車，想要說「掰啦」時轉了個念頭。

「紗希。」

「幹嘛？」

「再見。」

紗希瞬間嚇了一跳，然後笑著說：

「嗯，再見。」

◇

——到底是從何時開始，我已經記不清楚了。

當我發現時，我已經在不知名城鎮的陌生橋上。

在沒見過的景色中，只是茫然地感知自己應該已經死掉了，所以想著「那就消失吧」。

想著「我應該要消失」。

然後，從峭壁一躍而下。

在空無一人的森林中上吊，跳進河裡，盡量不造成任何人困擾地嘗試了許多讓自己消失的方法。但不管哪個方法，都沒辦法讓我消失。

不管怎麼做，當我再次有知覺時，我又回到一開始那座橋上。我在那裡看了秋天。

看了冬天。

看了春天。

在第二次初夏來臨時，我無法忍受繼續待在這裡的恐懼，從這裡邁出腳步。不覺得熱也不覺得冷，季節的交替扭曲成一團，彷彿像走在沒有盡頭延伸下去的海市蜃樓當中。

在遠方白雲下緩慢行進的電車好像是鐵皮玩具。

紅如惡鬼的夕陽。

感覺隨時都會消失的細小月亮。

就像因為什麼原因而對頻或錯頻的收音機一樣，偶爾會意識到這些東西又接著消失。

我不停行走。連自己以什麼為目標走也不清楚，就這樣走了好幾天、好幾天。走著、走著、不停走著——我到底走了多久呢？

不經意抬起頭時，看見遠方橋上有人靜靜站著不動。

隨著距離拉近，那個人的身影也越變越清晰。

白色襯衫加上黑色長褲……學生制服……是高中生嗎？

他獨自一人。

一個人，注視著河川。

「那個……」

我也搞不清楚我為什麼想要這麼做，但我想，大概是因為他一個人站在橋上吧。

我朝他搭話。

「可以請你消滅我嗎？」

他露出有點困惑的表情。

——自從我開始走之後，好幾次和誰擦肩而過。但這是我第一次與人面對面。他近距離盯著我看時，我心想「糟了」，應該要用別句話向他搭話才對啊，我想要重說什麼，卻想不出任何一句話。

消失。

我已經除此之外沒辦法思考其他。

而他對著這樣的我說：

「……妳還好嗎？」

「什麼？」

「嗯，總覺得妳好像在發抖……」

聽他這麼一說，我才發現自己在發抖。

「……有點冷。」

我說謊。其實不是因為冷，而是因為害怕。害怕和人說話，也害怕被人這樣正面盯著。

他訝異地歪頭。

「冷？」

明明是夏天耶。會冷也太奇怪。但是……

「對，但我不怕冷。」

但是我身體沒停止顫抖，時至此時也沒辦法說出我害怕，所以又說出了更奇怪的話。

怎麼辦啊？

沒辦法好好說出想說的話。更重要的是，面對人讓我緊張到根本無法思考……而且說起來，我連自己想說什麼也不清楚。

我以為他應該會離開，那是當然的。

但是，他只是輕輕遞出手帕對我說：

「如果不介意請用。」

……回想起這個，讓我有點想笑。

看手錶。

離約定的時間還有一點空檔。

秋日晴空下透明澄清的水。

早晨的河川很美。

也不知道是不是因為邁入秋季，光的質感看起來和先前不同。景色的每個角落都那樣水嫩，感覺比平時更閃閃發亮。

盯著看讓人湧起想睡的感覺。

——光在河面上柔柔閃爍。

好美。

當我這麼想時，景色突然模糊起來。

◆

鬧鐘響起。

我伸手摸索，按掉按鍵停下鈴聲。

寧靜的房間。

外頭滴滴答答下著雨。

我看著天花板，邊聽落在屋頂上的雨聲邊想。

今天也確實迎接早晨了。

走出房間走下樓梯，在洗手檯洗臉。

打開廚房的小窗戶，外頭傳來濕潤的溫柔雨水氣味。

我想要準備早餐，便打開冰箱確認有什麼東西。

「早安。」

父親從我背後經過。我也回應「早安」。

從冰箱裡拿出番茄、小黃瓜和蛋，關上冰箱門。把蛋打進調理盆，拿筷子輕輕攪拌。撕碎起司丟進調理盆。父親單手拿著報紙走回來在桌子旁坐下。我把盛裝日式煎蛋的盤子放在桌上。

「謝謝。」

父親從打開的報紙抬起頭，看了我又看了盤子。

「日式煎蛋啊，還真少見。」

我簡短回了「嗯」，兩人合掌說「我要開動了」，

「嗯，很好吃。」

父親吃了一口日式煎蛋捲之後說。

和平常相同的早晨。

先吃完早餐的我留下父親，拿著自己的盤子和杯子站起來。洗好餐具後放回櫃子裡。

回自己的房間，換穿制服時，桌上有什麼東西在發光。

那是藍色的塑膠手錶。

手錶的長針「答」地走動。

——時間差不多了。

我輕輕吸一口氣，把書包揹上肩，打開房門。

後記

初次見面，我是葦舟ナツ。

從我有記憶開始，就感覺「活著真的很辛苦」。

中學左右時特別有強烈「真想要消失啊」的想法。

雖然也有開心的事情，但悲傷的事情太多了。理解或是不能理解他人，能或是不能讓他人理解自己，有沒有辦法原諒誰，獲得什麼或是失去什麼……在重複著這些事情活著時，我開始看小說、寫小說，當我發現小說可以成為理解哪個人的心、自己的心的一個手段時，我成為小說家。

我認為小說最大的強項就是心理描寫。這世上的悲傷事情，追究原因後幾乎都能歸咎在人心上。不管是好是壞，每個人彼此連結，所以我相信，思考人心就是與悲傷作戰的方法。現在仍相同。

就是這樣，我這次寫下了想消失的人類「消失」的故事。

雖然開頭說了「初次見面」，但這個作品是我出道以來的第二本作品。

稍微離題一下，我在完成第一本作品《將愛拒於門外》時，已經預料到大家會有各種解釋，所以刻意省略了後記等會影響讀者解釋作品的言行。也有人問我「那個最後到底是什麼意思啊？」但小說這種東西，讀者們的解釋遠比作者來得正確，所以我很難回答。只不過，我有投注在作品中的意圖以及願望。而那應該要在作品中闡述，就這層意義來看，本作品整體就是第一本作品的後記。第一本作品和本作品是成對關係。雖然成對也是完全獨立的作品，所以就算沒讀過第一本作品，對閱讀這本作品也不會有任何影響。

以下為謝辭。

請讓我向參與本作品製作的所有相關人員致上謝意。成為小說家之後感受到的最大衝擊，就是有這麼多的人在不認識我的情況下出力幫忙製作。我撰寫本作品時拖稿好幾次，應該弄亂了大家珍貴的預定日程吧……給大家添了許多麻煩。今後我會用作品來回報大家。

另外，替我繪製了漂亮插畫的げみ老師、責任編輯；雖然現在才說，替我的第一本作品寫推薦文的三秋縋老師、參與第一本作品製作的所有人員、第一本作品的讀者、至今與我有所關連的所有人、現在已經不在的重要之人。

以及購買《請妳消失吧》的你，讓我致上由衷謝意。

二〇一九年十月　葦舟ナツ

國家圖書館出版品預行編目資料

請妳消失吧 / 葦舟ナツ作；林于楟譯 .-- 初版 .
-- 臺北市：臺灣角川股份有限公司，2021.04
面；　公分 . --（輕 . 文學）

譯自：消えてください
ISBN 978-986-524-366-1（平裝）

861.57　　　　　　　　110002189

輕文學
Light Literature

請妳消失吧

原著名*消えてください

作　　者*葦舟ナツ
插　　畫*Gemi
譯　　者*林于楟

2021年4月8日　初版第1刷發行
2023年3月27日　初版第2刷發行

發 行 人*岩崎剛人
總　　監*呂慧君
總 編 輯*蔡佩芬
編　　輯*林毓珊
美術設計*林慧玟
印　　務*李明修（主任）、張加恩（主任）、張凱棋

台灣角川

發 行 所*台灣角川股份有限公司
地　　址*104台北市中山區松江路223號3樓
電　　話*（02）2515-3000
傳　　真*（02）2515-0033
網　　址*www.kadokawa.com.tw
劃撥帳戶*台灣角川股份有限公司
劃撥帳號*19487412
法律顧問*有澤法律事務所
製　　版*尚騰印刷事業有限公司
I S B N*978-986-524-366-1